EL PASAJE DE LOS PANORAMAS

100% SOSTENIBLE
100% RESPONSABLES
100% COMPROMETIDOS

ASÍ HEMOS HECHO ESTE LIBRO

Salvo casos excepcionales, trabajamos con una empresa papelera que funciona con biocombustibles locales y se abastece de los bosques cercanos, que gestiona de forma estrictamente sostenible. Ha implantado voluntariamente el Reglamento de la Unión Europea de Ecogestión y Ecoauditoría, y WWF la considera una de las fábricas más sostenibles del mundo.

Allí fabrican el papel interior y exterior con el que se ha hecho este libro, con unas emisiones certificadas de 365 kg de CO_2 por tonelada de papel: un 50 % menos que la media europea y un 75 % menos que la media española. En otras palabras: uno de los papeles más sostenibles del mercado (además de tener las certificaciones FSC, PEFC, ISO9001, ISO14001 y EU Ecolabel).

Uno de los mayores problemas ecológicos a la hora de fabricar papel (y de hacer libros) es el consumo de agua: la media europea está entre 10 y 15 litros por kilo según la European Enviromental Agency. La fabricación del papel interior y exterior de este libro ha consumido sólo entre 3 y 4 litros.

Queremos eliminar todos los materiales de origen fósil de nuestros libros y de nuestro trabajo. Por eso este libro no está plastificado (si lo estuviera, su tirada habría consumido más de 500 m^2 de plástico).

El transporte del papel desde la empresa papelera hasta la imprenta se hace, en buena medida, en trenes de larga distancia, e imprimimos a menos de 300 km de nuestra oficina, todo lo cual nos permite reducir notablemente las emisiones contaminantes.

Una vez fabricados los libros, los envíos que dependen de nosotros se realizan mediante una mensajería ecológica: el 100 % de las recogidas y buena parte de las entregas se hacen andando o en bici. Para las entregas que no se pueden hacer sin medios motorizados hemos elegido a la mensajería con el plan de reducción de emisiones más ambicioso para 2025.

Toda la energía utilizada para editar este libro es 100 % energía verde renovable y certificada. Además proviene de una cooperativa de la que nuestra editorial es miembro, de modo que consumimos la energía que previamente producimos en instalaciones solares, eólicas o de biomasa.

Todos los recursos económicos utilizados para editar este libro estaban depositados en la banca ética, y allí llegarán también los beneficios (¡esperemos que los haya!). De este modo garantizamos que este dinero sólo revertirá sobre proyectos sostenibles, con un interés social, cultural y medioambiental, sin inversiones en la economía de las energías fósiles.

Si quieres más información sobre estas cuestiones puedes leer el apartado «Compromisos» de nuestra página web o escribirnos a info@erratanaturae.com.

DETRÁS DEL ARMARIO, EL HACHA

TORBORG NEDREAAS

TRADUCCIÓN DE BENTE TEIGEN GUNDERSEN
Y MÓNICA SAINZ SERRANO

errata naturae

PRIMERA EDICIÓN: enero de 2026
TÍTULO ORIGINAL: *Bak skapet står øksen*

Cofinanciado por el
programa Europa Creativa
de la Unión Europea

C/ Sebastián Elcano 32, oficina 25
28012 Madrid
info@erratanaturae.com
www.erratanaturae.com

ISBN: 979-13-87597-24-5
DEPÓSITO LEGAL: M-26290-2025
CÓDIGO IBIC: FA
IMAGEN DE PORTADA: © Lucy Soloveva
MAQUETACIÓN: N. Moreno
IMPRESIÓN: Kadmos
IMPRESO EN ESPAÑA – PRINTED IN SPAIN

OLOR A PÓLVORA

El repiqueteo del despertador rompe el silencio. Ella, aturdida, lo mete bajo la manta, donde continúa gruñendo hasta que consigue apagarlo. Con el susto, no puede parar de temblar y le duele todo el cuerpo.

Son las cuatro. A las cinco tiene que estar en la cola. Alza el brazo para encender la lámpara de mesilla, pero lo deja caer. Cierra los ojos. No te duermas, sólo relájate un minuto más, o dos. El sueño vuelve a apoderarse de ella, demanda lo suyo. Un ataque de tos la despierta, una tos amarga y hormigueante que ha cogido en la cola, tan temprano de pie y congelada. Siempre le sobreviene a primera hora. Y entonces se espabila. Se acurruca debajo de la manta un momento y tensa los músculos para acumular todo el calor posible y así soportar el frío de la habitación.

Se viste deprisa, descuida el lavado para cubrirse cuanto antes. Se pone una chaqueta de punto y un abrigo y apaga la luz para ventilar antes de salir. Al descorrer las cortinas opacas[1], la negrura se cierne sobre el cristal, aun cuando en los tejados se adivina ya un atisbo de albor; las chimeneas despuntan angustiosamente contra la tenue franja del amanecer. Abajo, las calles yacen sepultadas en la oscuridad. Cuando abre la ventana, un penetrante hedor a polvo la envuelve. Septiembre suele desprender ese extraño y gélido olor a quemado por las mañanas. Olisquea, carraspea, e intenta llenar los pulmones de nuevo. Ahora que se ha acostumbrado a la penumbra, alcanza a distinguir el edificio de ladrillos amarillos de enfrente, donde hace unos días una señora se arrojó desde el tercer piso. Un ama de casa cualquiera. Se ciñe el abrigo al cuello y apoya la cabeza pesadamente en el marco de la ventana. Su mano toquetea inquieta el cuello del abrigo, tiene la frente húmeda y un regusto glacial y desagradable en la boca, bastante seca. Cierra los ojos con una expresión de dolor. Es como si le costase respirar, aunque poco a poco se recompone. A lo lejos, fuera de la ciudad, se escucha un disparo, varios disparos. Un ruido sordo, amortiguado, más como un gemido al otro lado de la pared. Asustada, abre los ojos y se oculta tras la cortina. Aguza el oído. Los disparos han cesado, pero cree percibir el aroma de la pólvora. Su corazón palpita con tanta fuerza que sus pupilas titilan con cada latido. Vuelve a cerrar la ventana con manos temblorosas, el olor persiste en sus fosas nasales.

[1] Para dificultar la orientación a los bombarderos, se había decretado el oscurecimiento obligatorio en las horas nocturnas: cese o atenuación del alumbrado público y otras fuentes de luz, cortinas opacas en las ventanas de las viviendas... Durante toda la Segunda Guerra Mundial, las ciudades europeas estuvieron muy a oscuras por las noches. (N. de las Ed.).

En la entrada, se queda parada sin ponerse el sombrero. En el perchero faltan un impermeable amarillo y un sombrero gris. Esta noche también, esta noche otra vez. Una mueca imperceptible se dibuja en sus labios. El rostro del espejo es viejo, un rostro sin alegría, de mirada marchita. Algún día, cuando Torulf regrese a casa, encontrará a su madre avejentada, convertida en una anciana amargada. Si es que Torulf regresa a casa. Si. Si. Comprende el horror de ese «si». Esperar, esperar. Luchar contra la incertidumbre, agotarse en la ignorancia. Quizá esté muerto. Ese pensamiento ya apenas le afecta, de tantas veces como le ha venido a la cabeza. Busca la angustia que debería inspirarle, revuelve en su interior para sentir la herida de su alma. Sin embargo, el pensamiento se retuerce como un vacío árido en algún lugar dentro de ella sin prenderse, una nada desgastada. Un amargo vacío peor que la ansiedad.

Lentamente, se coloca el sombrero. Chal y manoplas, coge ambos, y de repente lo oye. ¡Por fin!

Son los pasos de Trygve. Sus pasos, tranquilos y despreocupados, acercándose. Al oírlos, se quita las manoplas, las tira y las vuelve a coger. Acaba de pasar el tercer piso. Se quita el sombrero y lo deja en la consola del recibidor; respira sibilante por la nariz, sus labios se tensan y un ligero rubor se extiende por sus mejillas, dándoles vida con su indignación. Él mete la llave en la cerradura…

Desvía la mirada de inmediato.

¡Vaya! ¿Ya estás levantada, madre?, dice, con amabilidad forzada.

Ella no responde. Se limita a mirarle fijamente, sombría y dolida. Él cuelga el sombrero y se quita el impermeable. Ella inspira con cautela, buscando el olor a alcohol, pero lo único que consigue es recordar que está resfriada. Y ese olor extraño, como a pólvora; de alguna manera se ha instalado en ella, en su cabeza, en su boca, y le provoca escalofríos nerviosos.

¿Ahora qué?, pregunta con dureza.

Él se encoge de hombros, se me hizo tarde otra vez, repone con un incómodo intento de esbozar una sonrisa.

Ella resopla con una leve risita sardónica. Está molesta. Él se dirige ya a su pequeña habitación, detrás de la cocina.

¡Trygve!, lo llama en voz baja, una orden definitiva. Él se acerca vacilante al salón y se queda allí de pie, en el vano de la puerta, ¿querías algo?, pregunta ahogando un bostezo. Ante la mirada de su madre, cierra la puerta y se sienta, de mala gana; su rostro muestra una indiferencia desafiante que lo afea. Ella avanza unos pasos con las manos entrelazadas, el silencio se colma de palabras no pronunciadas que la ahogan. Un vacío despiadado se extiende entre ellos.

¿No puede esperar? Diablos, estoy agotado, arguye el hijo.

Y entonces, por fin, brotan las palabras. La amargura, los meses de resentimiento acumulado. Ella siente que, de alguna manera, debería guardar silencio, debería callarse, las frases que está a punto de pronunciar lo alejarán de ella, lo empeorarán todo. Aun así, no puede parar, su voz alcanza una intensidad que no es capaz de controlar, interrumpida de vez en cuando por pequeños y frenéticos ataques de tos, que la sacan de quicio.

Con que agotado... ¿¡Agotado!? Sí, por supuesto que estás muy cansado, ja, ja. ¿¡Entonces yo...!? ¿No se te ha ocurrido que a lo mejor la que está cansada soy yo? Sólo trabajo dieciséis horas al día. Dieciséis horas. Quedarme de pie haciendo cola hasta que el cuerpo me abrasa no es para nada cansado, ¿verdad? Y encima me encargo de todo. Tengo que remendar la ropa que está como para tirarla al mar, lavarla e ir a por provisiones y asegurarme de que nos queda combustible y... Se encoge con un ataque de tos.

Mientras, tú te pasas el día durmiendo para estar bien descansado para tu parranda nocturna. No irías a recoger el pan que comes ni aunque te lo pidiese de rodillas. ¡Y, por supuesto, no te voy a suplicar! Porque no creas que eso es lo peor para mí, que seas un holgazán, que me hayas decepcionado, que me esté matando a trabajar...

Trygve se inclina hacia delante, con las mandíbulas apretadas y un rictus torcido y extraño. Calla. Se lía un cigarrillo con dedos temblorosos. Su madre ha detenido su deambular junto a la ventana y descorre un poco las cortinas opacas. Bajo el pelo cano, demasiado corto, se le ve la nuca delgada. Ella rompe el silencio opresivo con un susurro.

Estamos en guerra, Trygve.

Lo sé de sobra, joder, y apaga la luz antes de tocar las cortinas. Con un gesto rápido e irritado, la apaga él. Cuando la madre empieza a toser de nuevo, él se frota la frente y vuelve a sentarse. Ahora otra vez, ahora otra vez...

Vaya. Así que lo sabes. Pensé que quizá lo habías olvidado. Como tienes tantas cosas en las que pensar…

Durante un momento se hace el silencio. Él da una buena calada a su cigarrillo.

¿Has terminado?

¡No! No he terminado, hijo mío. Ya te imaginarás que no voy a terminar tan fácilmente. Me gustaría saber dónde te metes por las noches, aunque la verdad es que da lo mismo. Lo que me atormenta, lo que hace que me muera de vergüenza, es este… esto… ah… Que vayas con ellos. Con los parásitos. Con los que bailan. Los que bailan, beben, coquetean y se divierten. En una época en la que… Jadea en busca de aliento, siente el sabor rancio en el paladar, el olor a pólvora. Invade su mente y sus sentidos como una niebla, como un sueño del que no puedes ni recordar nada ni deshacerte del todo.

Poco importa que no puedas permitírtelo, continúa ella al cabo de un momento. Me da absolutamente igual que estés desperdiciando tu vida y que seas un donnadie a quien le interesa menos que nada cambiar, ¡pero me atormenta tener un hijo adulto deambulando de aquí para allá como si no estuviéramos en guerra! Tú…

Ay, basta ya. Claro que sé que estamos en guerra. Pero ¿qué demonios quieres que haga? Yo no puedo detenerla.

¡Detener la guerra! ¡Detenerla! Sube el tono, unas manchas rojizas y llameantes se le extienden por el cuello. No, tú… Vosotros, vosotros no podéis detener la guerra. ¡Si os pasáis la vida bailando! Ay, Dios, no, vosotros no podéis detener la guerra, no. Si sólo pensáis en el placer…

¿Qué demonios sabrás tú de eso? ¡Cállate de una vez! Él se ha puesto en pie y, con los ojos inyectados en sangre y exhaustos, respira entre dientes. ¡De todos modos, tampoco tú vas a detener la guerra amargándome la vida! ¡Déjame en paz!

¡No, no te vayas, no te vayas! No... Es como un grito de auxilio. Por favor, cuéntame, suplica, cuéntame... ¿dónde te metes? ¿Qué clase de chicas...?

¡No es asunto tuyo!, bufa él.

¡Ay, Dios! Ay, Dios. Se echa a llorar.

Perdona, madre. Como verás, estoy demasiado cansado para un interrogatorio. Los dos lo estamos. Se seca el sudor de la frente; con unas pestañas tan rubias, las venillas que surcan su piel debajo de sus ojos parecen blancas. ¿Podrías ocuparte de tus cosas? Intenta entenderme, no me atosigues.

Atosigarte...

¡Sí, atosigarme! ¡Me atosigas hasta cuando callas! Hablas de la guerra... Sí, es horrible. Estamos en guerra. Y es mucho más jodido para mí de lo que tú te crees. Así que déjame en paz de una vez, ¿entiendes? ¿¡Lo entiendes!? No intentes atarme, no intentes tranquilizarme para que me quede en casa, deja que sea yo mismo, y no te metas en mis asuntos. Trygve se vuelve hacia la pared y le da la espalda a su madre, suspira profundamente y alza la cabeza, temblando. No lo entiendes, insiste. Sólo es un poco... un poco de diversión. Una manera de evadirme... Algo... Al fin y al cabo, soy joven. Y... Sólo se es joven una vez en la vida.

Su voz suena vacilante, se mueve para evitar a su madre. El crepúsculo que se alzaba contra la ventana se ha agrisado de impotencia, fuera los tranvías han empezado a circular, el cielo matutino ha teñido de un rosa turbio el desnudo muro cortafuegos que se alza a lo lejos, en la calle transversal. Los coches de caballos traquetean por la calzada. Su madre se aparta un mechón de pelo desgreñado de la sien. Su voz es suave ahora, aunque todavía dispuesta a transiciones abruptas. Hijo, dice, querido. Entonces, ¿por qué no puedes buscarte un trabajo como Dios manda? Esos artículos que escribes para las revistas… son tonterías. Deberías tener un trabajo fijo, como todos los demás. Puedes dedicar tu juventud a muchas cosas. Vuelve a toser un poco, su tono se endurece: la juventud, la juventud noruega de hoy, dices. No baila. No es momento de bailar. La juventud noruega de la que hablas lucha en el exilio, derrama su sangre, resiste y se toma la vida muy en serio. ¡Diversión, dices! ¡Diversión, imagínate! ¿Acaso crees que Torulf se está divirtiendo, acaso? ¿Que anda bailando por ahí?

Para ya con las lamentaciones, responde él, angustiado, y se da la vuelta bruscamente. Si Torulf baila, será asunto suyo, ¿me oyes? ¡Asunto suyo! Cállate, déjame tranquilo de una vez. Necesito descansar, y vamos que si vas a dcjarme dormir…

¡Estupendo, vaya! ¡Eres un noruego ejemplar! Eso, duerme, duerme, ¡vete a la cama! Duerme hasta el Día del Juicio Final si quieres… ¡Te desprecio! ¡Sí, te desprecio! ¿Y sabes lo que quisiera, lo que preferiría haber soportado?

Vaya, pues te vas a enterar… Habría preferido que fueras nazi y que estuvieses en el frente oriental defendiendo algo en lo que creyeses, porque una cosa te voy a decir: al menos los que se ofrecen como voluntarios y luchan por los nazis creen en algo, y luchan por algo, y hasta aguantan que los odiemos y los consideremos nuestros enemigos, además de jugarse la vida, porque tienen dignidad, tienen carácter… Después de todo, por muy locos que estén, son mejores que aquellos que bailan… Ay no, no, Dios, Trygve, no quise decir eso, ay, no quise decir eso… No te vayas, entra y échate, no te molestaré, no me mires así, Trygve…

No hablabas en serio. Sé que no hablabas en serio. Camina hacia ella, la hace recular hasta la ventana. Es evidente que me quieres. Pero deberías haber cerrado la boca, ¿entiendes? Deberías cerrar la boca. No, suéltame… ¡eres insoportable!

Él no se mueve. Tenso, sacude los puños cerrados a los costados, con la voz entrecortada. Tiene papel de fumar entre los labios secos y los dientes amarillentos. En sus ojos refulge un destello blanco, su frente está muy roja. De repente, gime: ¡No, madre! No te eches a llorar, demonios… Ay, Dios mío, no te preocupes por mí. Da un paso torpe hacia ella, pero, con el brazo extendido, la distancia es demasiado grande. Las palabras son peligrosas. Madre. ¡Madre, por favor! Oh, hemos ido demasiado lejos. ¿Me oyes, madre, no ves que estoy demasiado nervioso? No, nervioso no, no estoy para nada nervioso, aunque… los dos lo estamos. Como todos. Hablamos demasiado. Es eso, ¿no te das cuenta? Tenemos que… callarnos. Si queremos que esto funcione, tienes que aprender a callarte. No se puede hablar contigo.

Se incorpora desalentado, sus rasgos parecen desmoronarse y disolverse en un vapor carmesí. ¡Oh, maldita sea, joder, mierda! ¡Si hubiéramos podido hablar!

Su voz se quiebra como la de un hombre llevado al extremo. Está desquiciado.

La madre se levanta y se suena la nariz con pequeños suspiros. Ahora está dócil, pero es como si la vena de las palabras se le hubiera reventado y todavía derramara unas gotas de sangre.

Son las juergas…

Sin abrir la boca, él le da la espalda. Abre la puerta de su cuarto, pero se detiene cuando ella susurra, sin aliento «¡Shhh!». Está alerta, en tensión, junto a la ventana.

Superpuesto al creciente trajín matutino de tranvías, coches, bicicletas y pasos, se oye un débil gruñido, que se desvanece como una sirena y queda suspendido, ronroneando impaciente más adelante, donde se ha detenido un vehículo gris.

Me parece que es un coche de la Gestapo. Ahí arriba, junto a la papelería. Ven a ver.

Trygve se queda inmóvil ante la puerta entreabierta.

Sí, ¿sabes?, están saliendo. Uno lleva una boina alpina y gafas de pasta y otro casco y pistola, ¡son dos! Uf, es espantoso. Me temo que buscan una casa. Quizá vayan a arrestar a alguien. Ay, no, acércate, vienen hacia aquí. Están mirando los números.

Hasta ahora no se ha dado cuenta de que está detrás de ella, ligeramente inclinado hacia su hombro, temblando. No le siente respirar.

¡Trygve! ¡Dios mío! Parece que vienen hacia aquí. ¿Y si buscan a alguien de esta casa? ¡Oh, no, es terrorífico! Casi siento el olor a pólvora. ¿De verdad es sólo mi imaginación? Creo que lo tengo metido en la nariz desde esta mañana. A saber de lo que están hablando. Estoy aterrada, ojalá no sea nadie de esta casa. Mira, ¡tienen la llave del portal! No, qué horror… ¿Y si es Schmidt, el del primero? Pobre señora Schmidt. Trygve, ¿es cierto que torturan a la gente? ¿Crees que es verdad?

Su hijo se ha retirado a la sombra del marco de la puerta, ella no ve nada más que el destello blanco de sus ojos, y la respuesta se va abriendo camino en un susurro entrecortado y turbio.

Es… cierto. Torturan…

Ambos contienen la respiración mientras el portal se cierra de golpe. Desde el fondo de la escalera, les llega el eco rítmico de unos pasos metálicos. Ella oye el latido de su propio pulso. Los pasos se detienen en el primer piso.

Ay, Dios, susurra la madre, juntando las manos bajo la barbilla. Pero ¿qué sucede?, ahora resuenan de nuevo, un pesado y estridente coro que continúa, aproximándose a ellos. Segundo piso. ¿Las señoritas Abelhus? Pues no, las zancadas siguen adelante, retumbando en las paredes del pasillo. Más fuerte. Ella se gira hacia Trygve, que ha abandonado su umbrío refugio; la tenue luz del día que entra por la ventana lo ilumina como a un espectro. Ha abierto la boca, un agujero en su rostro gris, y sus rasgos parecen haberse borrado por completo. Están justo ahí fuera, arrastran los pies y pisan con energía… ¿Se detienen? ¿Ya? Quiere agarrar a Trygve con todas sus fuerzas. Él se aparta como si quisiera huir, se agacha y se queda paralizado; el sudor le perla el labio superior. Se ha apoyado en el respaldo de una silla, le castañetean los dientes…

En el salón, ambos contienen la respiración. Sus miradas abrasadoras se cruzan.

El sonido del timbre atraviesa el apartamento como un grito.

Ninguno de los dos se mueve, no respiran.

El timbre suena, suena sin parar, el reloj desgarra la quietud del silencio.

Al igual que en una pesadilla, todo lo que sucede en estos segundos le resulta ajeno. Siente la mano de Trygve, que aprieta la suya, está húmeda. Y, después, nada más. Él cierra la puerta tras de sí sin mirar atrás. El tacto de su mano permanece en su piel como una dolorosa oleada de sangre. La puerta está cerrada. Y, después, se acabó.

Petrificada, en la misma posición, se ha quedado sola. Está pálida, un hormigueo le recorre el cuerpo.

El reloj chirría. Se coloca las manos heladas alrededor de la barbilla y las mejillas y cierra los ojos, su boca se contrae en una mueca de angustia, y poco a poco se recompone.

Entonces, el sonido ahogado de un disparo restalla en el apartamento, un suspiro sordo que traspasa el suelo y las paredes.

Luego se hace el silencio, un silencio de ultratumba. El timbre de la entrada insiste con furia, pues nada en el mundo es más sigiloso que el silencio que sigue a un disparo.

Ella no se mueve. Quieta, está como muerta. La boca le sabe a sangre. El sol de la mañana ha teñido de rojo el muro cortafuegos de la calle transversal. En su nuca se refleja un pálido arrebol, resaltando la brusca curva del cráneo bajo el cabello mal cortado.

Aporrean la puerta.

Entonces se endereza y, exhausta, sin sentir el suelo que pisa, se dirige hacia allá.

Pasan unos segundos, quizá. Instantes atemporales que palpitan en la eternidad. Y las palabras, que aún pueblan la habitación como un tejido celular inconexo e invisible, todavía no han fenecido, su aliento amargo respira en cada rincón.

Abre cuando ya están forzando la cerradura.

¿Trygve Risør?

Trygve Risør. Trygve Risør.

El hombre de la boina se disculpa, dice algo. Ella no lo entiende, no oye nada. Y, así, sorda, camina delante de ellos. Su nuca estará marchita y vieja y su pelo enmarañado, y, sin embargo, avanza con el cuello erguido, con el porte de una reina. ¡Trygve Risør! Ése es su nombre. Sus pasos son ingrávidos.

Ante la puerta cerrada de su dormitorio, se detiene con la mano en el pomo. Hay tanto silencio dentro…

¡Dios mío, qué silencio! El visitante baja la voz involuntariamente ante su mirada. Con cierta amabilidad, pregunta en noruego: ¿estará durmiendo?

Ella esboza una fugaz sonrisa gris, que revolotea como un pájaro asustado por su rostro. Sí. Está durmiendo.

Despacio, gira el pomo, los tres están callados.

La puerta se abre, los tres aguardan con cautela.

Ella mueve los labios, de un blanco cetrino, y alza la voz, una voz que resuena como un órgano. Un ligero rubor febril se extiende por sus mejillas, y en su cuello han aparecido unas manchas ardientes. Las comisuras de sus labios tiemblan desvalidas, pero con un timbre quebrado de triunfo.

¡Adelante, caballeros!

Unas densas volutas de un vapor azulado emergen de la habitación, extendiendo por toda la casa un espeso y penetrante olor a pólvora.

TENDRÉ MI REVANCHA

Era uno de esos días en los que la niebla flota en jirones sobre el dique y reina un silencio letárgico. También fue en uno de esos días, la semana en que se cavó la zanja, cuando descubrieron algo que data de una época en la que el mundo estaba en guerra y había soldados extranjeros en el país. El incidente me afectó tanto como si aquello acabara de suceder y me trajo a la mente algo que aconteció entonces.

El taller del zapatero se encontraba en el callejón, detrás de la casa de la juventud. Se había instalado en un sótano minúsculo, una de cuyas paredes, cincelada en la montaña misma, cuando el frío arreciaba, rezumaba humedad y llenaba el espacio de vapores calíginosos, por lo que el pobre hombre alimentaba como un demente la pequeña estufa oxidada del rincón. Ya fuera verano o invierno, una bombilla eléctrica desnuda iluminaba la cabeza rapada del zapatero, que, sentado ante su yunque de hierro, realizaba sus labores junto al sucio tragaluz. En un extremo del mostrador había insertado un tablero de ajedrez con casillas de cuero, hacia el cual solía andar inclinado algún que otro personaje del barrio: el operador de la terminal, el conductor del ómnibus, Dåe de la pescadería, el cajero del banco, el proyeccionista del cine o el jefe de correos, entre otros. Aunque no paraba de trabajar en ningún momento, el zapatero siempre tenía alguna partida en marcha. Sólo se levantaba, brevemente, para hacer una jugada; si no, se quedaba mirando con indiferencia a su oponente cuando movía una pieza y volvía a lo suyo como si la disposición del tablero no le concerniese. Se tomaba su tiempo, de modo que una misma partida podía durar varios días, para que su adversario pudiera irse a casa o a trabajar entre cada movimiento.

Por las tardes nos reuníamos allí un buen grupo, a menudo tantos que nos tocaba quedarnos de pie o sentarnos entre los montones de calzado. Varios hasta llevábamos nuestros propios tableros, y todos jugábamos contra el zapatero, que por entonces trabajaba día y noche. Las partidas transcurrían con relativa rapidez, y no sé de nadie que lograse vencerlo. El taller estaba envuelto en una densa humareda, y las petacas pasaban de unos a otros. Para mí, era el lugar más acogedor de Vikjo[2]. Aunque no te atrevieras a jugar contra el zapatero, observarlo era todo un placer. Sus movimientos nos dejaban anonadados, desplazaba inesperadamente las negras, que daban la impresión de estar retrocediendo constantemente, hasta que su oponente se encontraba en una trampa que nos dejaba a todos

[2] Localidad en la isla Stord al sur de Bergen donde Torborg Nedreaas pasó varios años. (Salvo que se indique lo contrario, las notas son de las traductoras).

a la expectativa. Sin embargo, él no parecía inmutarse, sino que volvía a sus zapatos como si fueran lo único que importase. Yo disfrutaba mirándole las manos, teñidas de negro por la brea, el ácido y la suciedad de las suelas, y que, pequeñas y ovaladas, se desplazaban con gestos rápidos y suaves. Cogía las piezas con tres dedos y lo hacía con tanto cuidado como si se tratase de un objeto sagrado. La poderosa y reverente mano de un artista. También merecía la pena reparar en las piezas, que había tallado él mismo en raíz de madreselva y fresno. La reina era una bruja con un bastón, el alfil era una bota de montar, los peones, puntas de lanza y los caballos tenían alargadas y aristocráticas cabezas de gato. Las púas que rodeaban la cabeza del rey, que se tapaba la cara con la mano, recordaban más a una corona de espinas que a una real. Las blancas piezas de madreselva desprendían una delicada y tenue fragancia que dulcificaba el rancio olor del taller. Ahora, cuando la niebla se extiende como un sudario sobre Vikjo y se aferra al sótano, como para protegerlo, casi soy capaz de distinguir aquel aroma hogareño a brea, cuero, betún, humedad, tabaco negro, carburo y madreselva marchita.

Cada vez que alguien abría la puerta que daba al callejón, se colaba un poco de niebla y un frío tufo a polvo que hacía que nos picase la nariz. Si alguien entraba con botas raídas o para recoger sus zapatos, nos apretujábamos contra la pared rocosa para dejar espacio a la puerta, que se abría hacia dentro. Al final, los clientes nos molestaban hasta el punto de que a veces nos preguntábamos qué diablos pintaban allí.

El proyeccionista se había ido a cenar después de hacer su jugada, y Dåe, el operador y yo estábamos discutiendo qué haría el zapatero para neutralizar las dos torres que amenazaban con atraparlo. Parecía un jaque mate en tres movimientos. Él, sin embargo, había devanado algo de hilo alrededor de la prensa de cuero y lo estaba embreando con un sonido chirriante, haciendo caso omiso de nuestros comentarios preocupados, completamente indiferente a nuestros consejos bienintencionados. En ese momento, al oír el rechinar de las bisagras de la puerta, nos echamos a un lado para dejar sitio. Cuando el cliente entró, guardamos silencio.

Era uno de los alemanes de la capitanía del puerto; desprendía un fuerte olor a lana mojada y unas diminutas gotas de agua perlaban su chaqueta. Traía un par de botas de fieltro que necesitaban un remiendo, ¿para cuándo estarían? El zapatero les echó un vistazo rápido y respondió: En nueve semanas.

Mensch, Mensch, doch! Para jueves. ¿Comprender?, jueves.

El zapatero desenrolla con cuidado el hilo de la prensa y lo examina detenidamente, mordiéndolo.

En nueve semanas.

Rupert, de la capitanía del puerto, se encoge de hombros y suspira, se golpea la frente: *Ach, mein Gott. Mensch.* Se inclina con naturalidad hacia el mostrador: Escuchar bien, *Kamarad*. Yo tengo botas el jueves. Tú tienes *schnaps* y tabaco. *Also*: el jueves. *Bestimmt*, ¿prometer?

Bestimmt, te lo prometo, en nueve semanas.

Las manos del zapatero, que le da la espalda a medias, enrollan con pulcritud el hilo embreado en un carrete.

Rupert pierde el aliento un instante, después resopla y se dispone a apoyar los brazos en el mostrador cuando una exclamación lo detiene: ¡Cuidado con las negras, que vas a tirar las piezas, hombre!

El rostro serio del alemán se ilumina, una alegría salvaje centellea en sus ojos. *Mensch!* ¡Tú jugar al ajedrez! Se besa los dedos y los alza hacia el techo. *Herr mein Gott,* carrramba! Asiente una y otra vez, extasiado.

Lo que yo digo: los noruegos es gente decente. ¿Tú jugar partida conmigo, sí?

El zapatero ha empezado a rebuscar entre un montón de zapatos; sus manos revolotean como alas grises de pájaro. Toma una bota, la gira un poco y arranca la suela vieja con tirones breves y rápidos. Salvo por el golpeteo de las sacudidas de la suela, el taller está en absoluto silencio.

Tú. Escucha. ¿Quién tiene las blancas aquí?

El zapatero alza la vista y sus ojos azules recorren a Rupert de arriba abajo como evaluando, de alguna manera, su capacidad de combate.

Yo juego con las negras.

Pues estarás acabado en tres movimientos, *Kamarad.*

El zapatero vuelve a su trabajo y no responde.

Cuando Rupert se fue, el zapatero hizo su movimiento, rápido como el rayo. Un destello de azul acero le iluminó los ojos y una leve sonrisa se dibujó en una de las comisuras de sus labios cuando se puso a remendar de nuevo, y los demás nos quedamos como caídos del cielo. Había movido el caballo que cubría a la reina hacia la torre enemiga, exponiéndola a un golpe mortal. Era lo último que se nos habría ocurrido. El operador maldijo porque tenía que llegar al muelle antes de que regresara el proyeccionista, pero los demás nos quedamos esperando. No era una trampa, pero le forzaba a comerse la reina o retirarse. Al retirar el caballo, el zapatero había abierto el camino a su propio alfil, que ahora cubría el punto de ataque planeado. La partida había tomado un giro completamente inesperado, y me fastidió que Rupert no hubiera visto la brillante jugada que, en un instante, había desbaratado los planes del adversario. Al día siguiente, tras ocho movimientos más, el rey blanco quedó exhausto y humillado en un rincón del tablero, mientras sus valientes oficiales permanecían bloqueados en medio de las filas negras, ya bastante escasas. Sólo Dåe y yo presenciamos la victoria, y Dåe desapareció en la niebla para regresar al poco, con Rupert. Para ser justos, éste, entusiasmado, mostró su aprobación y nos estrechó la mano a todos; él siempre había sabido que éramos un pueblo decente, y ahora no deseaba nada más que enfrentarse al zapatero. Y, a decir verdad, de buena gana dejamos que nos estrechase las manos y le perdonamos el hecho de que fuera alemán: la euforia compartida por una buena jugada de ajedrez trasciende cualquier frontera o conflicto. Por otra parte, nos emocionaba la idea de que lo aplastara un zapatero noruego, que lo derrotara en el más noble de los juegos de guerra.

Así comenzó la partida de ajedrez más increíble que jamás haya visto.

Rupert lo dominaba, eso estaba claro. Abrió siguiendo todas las reglas del arte y observó con recelo los extraños caprichos de su adversario. Pasó de inmediato de una embestida calculada a una sólida defensa con cadenas de peones, sabiendo como sabía que se enfrentaba a un bastardo lento pero astuto. El zapatero respondió a esta minuciosidad dejando que un simple peón saliera a pasear solo por el mundo, y a mí se me revolvió el estómago de miedo al ver el desprotegido espacio vacío que quedaba tras aquella diminuta pieza. Entonces Rupert avanzó, se pasó la colilla del cigarro al otro lado de la boca y gruñó enardecido. Eso sí, cuando el otro, con una hábil maniobra, abrió su línea de torres, el sudor le brillaba en las sienes. Todos esperábamos que se dejara llevar por el pánico, por la rabia, que cometiera alguna estupidez, como solía ocurrir si el zapatero trastocaba los planes de sus contrincantes a su capricho. Pero no. Rupert maldijo un rato en tres idiomas, luego se apoyó en el mostrador y empezó a murmurar con la mejilla descansando en la mano, analizando la situación con el dedo índice, que recorría inoportuno las casillas del tablero. Dåe y el proyeccionista se miraron: aquel dedo era un acto de descaro, una falta de tacto. Tras reflexionar durante un cuarto de hora, chasqueó los dedos y soltó un largo silbido: *Donnerwetter*, ya lo tengo. No engañas a soldado alemán, nadie puede engañar a soldado alemán. Y probó con una nueva estrategia. Perspicaz, correcta e irrefutable. Las proezas artísticas del zapatero eran estudiadas en detalle y juzgadas desde todos los ángulos, Rupert había comenzado a recelar. Aquel corto dedo índice, con su uña ancha y plana, impuso su prudencia en el tablero. Con acierto, técnica y sin imaginación alguna, se guardó de las insidiosas invenciones de su oponente, cuyos asombrosos movimientos parecían emular una composición musical elegante y silenciosa. Rupert, minucioso, metódico, tenía fe en el reglamento. El zapatero, un artista, movía las piezas como si estuviera disponiendo un arreglo floral, con desenvoltura y audacia. Daban la impresión de estar danzando un minué ordenado y melodioso. Pero el alemán, que carecía de aptitudes para la sutileza de su esgrima, atacaba a lo bruto, pisoteando las flores. Las delicadas y bien calculadas estocadas del noruego se toparon con un muro de hierro y hormigón, y fueron respondidas con hachazos. Aprovechando la situación, sin un ápice de piedad, Rupert lo fue forzando a un final desesperado.

Me marché. Ya no soportaba quedarme allí más tiempo. Además, tenía algunos recados que hacer. Fuera, por tercer día consecutivo, la niebla era espesa. En el litoral, una sirena solitaria se lamentaba a intervalos regulares. El fiordo estaba muerto, desierto.

Abajo, en el muelle, aguardaba el barco de las dos rezumando vapor, atracado con el motor traqueteando y arrellanado como si intentara repeler aquella inoportuna niebla. Los cabrestantes gorgoteaban y la carga golpeaba, se oían gritos, y unas figuras borrosas se movían como en otro mundo. Apenas se distinguían los contornos difusos del quiosco, soñoliento y aovillado sobre sí mismo. Me acerqué para comprar el periódico, pero, como había cola, me di la vuelta y fui por detrás, donde una risa burbujeante me cosquilleó los oídos de repente. A través de la niebla que me velaba la vista, descubrí a una mujer con una cántara de leche. Estaba apoyada lánguidamente en el muro, bromeando con uno de los pilotos de a bordo. No estoy del todo seguro, pero creo que era Ragnhild, la esposa del zapatero. En todo caso, es muy posible que fuera ella, porque en Vikjo se comentaba que hacía el ridículo coqueteando con cualquiera que se cruzara en su camino.

Cuando más tarde regresé al taller, la partida había terminado. Habían llegado algunas personas más; el ingeniero R., de la mina, estaba allí. Era un hombre alto y bien parecido al que me gustaba observar de vez en cuando. Caminaba con la misma soltura que un gato grande y hermoso. Se mostraba caballeroso conmigo y ponía un periódico limpio en el banco donde quisiera sentarme; se tomaba la molestia de asegurarse de que no me ensuciara el abrigo.

En medio de la multitud, con un cigarro recién encendido en la mano, estaba Rupert, disertando con arrogancia y amplios movimientos de brazos.

Uno tener que mantener sus tropas unidas. Nosotros, alemanes, permanecemos unidos, ¡por eso nadie nos vencer nunca! ¿Sí? Ahí lo tienes. Vosotros, noruegos, no conocen el juego de guerra. Un campesino no puede luchar sin marchar con los demás campesinos, ¿sí? Escucha. Tú quitas autoridad a tus oficiales, *das ist Unsinn!* Los generales deber ser fuertes, el campesino deber ser sumiso, ¿comprender?

El zapatero no respondió, nadie respondió. Cuando Rupert se detuvo, el taller quedó sumido en el silencio. El zapatero estaba cortando un trozo de cuero a partir de un patrón de papel y no se dejó importunar en su acompasada labor. Rupert continuó con obcecada complacencia.

Pero no eres tonto. Es que no sabes guerra. *Doch*, puedes aprender. Aprenderás. Mira ahora la reina, ja, ja, ja, *das kleine Weibchen. Du kurtz* eliminar *das kleine Weibchen*, ningún *Bedeutung*? *Ach Mensch, die Kleine* tiene más *Bedeutung* de lo que imaginas.

Miró a su alrededor sonriendo con una tumultuosa ambigüedad en los ojos. El ingeniero R. dibujaba algo con el dedo en el mostrador, yo examinaba detenidamente la sandalia de niño que tenía en las manos. Dåe miraba al suelo con las manos en los bolsillos del pantalón y el proyeccionista se limpiaba las uñas. El zapatero cepilló el borde de la suela con cuidado y la examinó con ojo crítico.

Es posible que Rupert sintiera algo a través de la capa de grasa que le obstruía la vista, después de todo, pero lo más probable es que realmente se fuera a su *Dienst*. En cualquier caso, se despidió, seguro y tan campante, con una sonrisa triunfal. Bueno, zapatero. A tu, tu, *was heisst es...*?

Horma.

Eso, horma. Zapatero, a tu horma. ¿No es eso lo que se dice en noruego? ¡Ja, ja, ja! Sí, sí, *Kamarad*, ya veremos. Puede que tengas tu revancha, quién sabe. *Auf Wiedersehen, meine Herrschaften.*

Agarró el pomo de la puerta para irse. Sin embargo, alguien había hecho lo mismo desde fuera.

Era Ragnhild.

Rupert sostuvo la puerta abierta galantemente, los demás nos apretujamos; yo me levanté del banco.

La niebla le había rizado el pelo. Tenía una boca de muñeca —abierta, como si le diese pereza cerrarla— y unos ojos castaños claros, salvajes, en los que parecía acechar una sed insaciable. Su piel, de un blanco mate, estaba húmeda, a causa de la bruma. El ingeniero se enderezó cuan alto era y la miró. Y yo la miré. Era hermosa, así que la odié, aunque fui amable y educada y le pregunté si se había tejido la chaqueta de punto ella misma, pues era muy bonita. Como todas las mujeres bobas, tenía un instinto certero, así que me arrebató la chaqueta y me escrutó de arriba abajo. Entonces la odié aún más. La odié por su andar indolente y las suaves líneas de su escote. Antes de que la puerta se cerrara tras Rupert, lo último que vimos fue que lanzaba una mirada descarada a la esposa del zapatero. No estoy segura de si ella se la devolvió, pero me pareció que le dedicó una sonrisa fugaz. Sí, estoy casi segura de que sonrió; por lo menos, sus pupilas se contrajeron un instante.

Le había traído el almuerzo a su marido, arenque y sopa de avena. Él estaba tan ocupado que rara vez pasaba por casa en aquella época. Se quedaba trabajando hasta altas horas de la madrugada. Ragnhild, sola en la casa que el zapatero tenía junto al dique, hacía lo que le venía en gana. Y, a pesar de que todos sabían cómo era, los hombres no dejaban de prestarle atención. De hecho, cuando apareció, alteraron su comportamiento.

El ingeniero R., aún más guapo y atractivo, le sonrió y le preguntó si no tenía miedo de perderse en la niebla, y entonces ella resopló y lo miró con los ojos entrecerrados, y fue como si el tiempo se detuviera para ellos. Aunque tampoco era un bellezón, los dientes de arriba no eran suyos, y no entiendo cómo a los hombres les puede gustar una mujer con dentadura postiza. Además, desprendía un ligero olor a sudor. Sin embargo, era de esas que hacen que otras mujeres se sientan de menos. Al final, como no aguantaba tanta estupidez, le propuse echar una partida al zapatero.

Ragnhild se quedó un ratito, observando, y fue una partida divertida; yo estaba en plena forma y logré crear una imagen cautivadora en el tablero. Fue bastante amena y ambas partes jugamos con habilidad; el zapatero apenas tocó sus botas entre cada movimiento. Y el ingeniero R., demostrando su interés, lanzaba exclamaciones de reconocimiento que me ruborizaron. De pronto, Ragnhild soltó: Sí, sí. Tú juega con esas a las que les sobra el tiempo para desperdiciarlo... A las demás nos toca andar siempre corriendo y seguir trabajando, y ahora me voy a casa a preparar tortitas de patata.

Así concluyó, la infame bestia de carga del norte.

Cuando se hubo marchado, la partida se puso de lo más emocionante, pues parecía que tenía alguna posibilidad de ganar. Los demás se habían puesto a charlar, había llegado el jefe de correos y estaba comentando las últimas noticias con el ingeniero. Creía que Jersón había caído, aunque no era seguro. El ingeniero miró su reloj; tenía que irse ya si quería llegar a tiempo para coger el ómnibus hacia la mina. Y, efectivamente, eso hizo.

En lo que a mí respecta, me temo que mis posibilidades de ganar se esfumaban por momentos. Por supuesto, sucedió lo que suele suceder: empecé a vacilar, cometiendo un terrible error tras otro. Me pasa siempre. Al principio, cuando todas las opciones están abiertas, juego bien. Luego, en cuanto me percato de que mis artimañas no son ni de lejos tan ingeniosas como las de mi contrincante, que además es más rápido, me embrollo, me desespero y actúo como una boba. Para colmo, recordé que tenía cosas que hacer en casa, así que me di por vencida antes del jaque mate. Me pareció que mi rey lloraba bajo la corona de espinas. Me fui tan molesta y enojada que, de camino a casa, murmuré para mí misma en la niebla: «¡Conque tortitas de patata...! Mejor llamar a las cosas por su nombre. ¡Pfff!»

Niebla y más niebla, por quinto día consecutivo. A un extremo del muelle, reposaba el puerto, yermo, apesadumbrado y abandonado por el resto del mundo. La solitaria bahía de Dagfinnsvik flotaba en un cosmos lechoso donde las voces carecían de cuerpo y la vida vegetaba como hacen las bacterias en el fondo de un pantano mortecino y humeante. En el fiordo, los barcos rugían como si temieran morir. La señal triste y monótona de la sirena se fusionaba con los gritos angustiosos de esta orquesta sin hogar, en la acuosa nada del fiordo. La humedad blanquecina se colaba en el pecho como el polvo denso de una asfixiante tumba.

En el taller del zapatero, apiñados, nos aferramos a las buenas nuevas, que avivan la ilusión en los escépticos y desconsolados, pero que los antiguos optimistas no acaban de asumir: los han decepcionado con demasiada frecuencia, ya no se atreven a albergar más esperanzas, se han convertido en su opuesto y temen tener fe.

Oh, no... No creo que acabe antes de Navidad.

El año pasado no decías lo mismo. Entonces la dabas por terminada al menos una vez al mes.

Eso fue entonces. Algo ha pasado en ambos bandos.

O no ha pasado nada... Ésa es la cuestión.

Resulta que la salvación viene de donde menos te lo esperas. Eso es lo que ocurre. Y no os atrevéis a creer que vendrán los bolcheviques y ganarán la guerra por nosotros.

Bueno, no es seguro que eso sea mejor de lo que tenemos ahora.

Yo creo que será la misma mierda.

¡Sí, justo eso!

Ah, la discusión está servida. Al odio a los alemanes se suma ahora el temor a los rusos, el miedo a lo desconocido. La propaganda ya funcionaba bien mucho antes de que los alemanes la utilizaran.

¿Y qué hay del bosque de Katyn[3]?, dicen. Algo habrá de verdad en eso...

[3] En 1940, en plena Segunda Guerra Mundial, el bosque de Katyn, en Rusia, fue el escenario de una brutal masacre. La policía secreta soviética (NKVD) ejecutó allí a unos veintidós mil polacos, en su mayoría oficiales, intelectuales y prisioneros de guerra. Durante

Pues… ¿Cuántos bosques de Katyn crees que encontrarán en Alemania el día que tengan la oportunidad de buscarlos y hacerlos públicos?

Hmmm. En cualquier caso, siempre se ha dicho que los rusos…

Lo que se dice es que los rusos sí que saben jugar al ajedrez.

El zapatero se ha pronunciado, los demás guardamos silencio. Pero no tiene nada más que decir. Nos ha dado algo sobre lo que reflexionar, no entendemos bien a estos caníbales, a estas hordas salvajes de analfabetos sedientos de sangre que, sin embargo, son maestros del ajedrez. Hmmm… Qué extraño…

En ese momento, las bisagras de la puerta chirrían, y apenas asentimos ante el tormentoso saludo de buenos días, maldito tiempo de perros el de este país. ¿Y bien? Aplaude y se frota las manos de tal manera que es imposible hablar, su respiración y su enervante buena voluntad invaden el taller, ruge y suspira, su mera presencia provoca un estruendo.

La bruma emana de su chaqueta, viene soplándose las manos heladas: Qué, zapatero, ¿quieres una revanchita?

décadas, la Unión Soviética negó su responsabilidad, culpando a los nazis. La verdad se reconoció oficialmente en 1990.

El zapatero, con la espalda encorvada, está perforando una suela con el punzón, y parece que ni ve ni oye. Es una tarea bastante pesada, está concentrado, se percibe la tensión en su cara, y yo admiro la fuerza de sus manos. Rupert, con la ropa ceñida a su fornido y robusto cuerpo, se apoya en el mostrador.

¿Qué pasa? ¿No te atreves?

Entonces llega Ragnhild, pero el zapatero sigue sin apartar la vista de su trabajo. Aquí tienes unas tostadas de pan y café, es lo único que vas a cenar esta noche. No hay comida en todo Vikjo.

Él, ciego y sordo a cualquier otra cosa que no sea la suela, sopla para quitarle el polvo al cuero. Rupert endereza los hombros, se cuadra, le brillan los ojos. Coge el rey blanco del tablero y lo gira entre los dedos, juguetea con él y silba un poco. *Komischer Onkel*, este rey tuyo. Parece dormido. ¿O está llorando? Luego sonríe y mira de soslayo a Ragnhild, que, con la boca abierta, alza sus ojos de lince hacia él.

Nadie dice nada, el silencio oprime la estancia como un puño cerrado.

Sí, sí, y quería saber si vendrás a casa esta noche.

El zapatero no irá a casa esta noche, no sabe cuándo irá. Y entonces Ragnhild se marcha, asintiendo con la cabeza hacia los demás y sin mirar más a Rupert, que, sonriendo para sí mismo y mordiéndose el labio, la sigue con la mirada.

Mein Gott, zapatero, qué esposa tan guapa. Eres hombre afortunado.

Rupert también está casado, tiene una esposa preciosa, *bildschön*. Les enseña unas fotos de una mujer con ojos redondeados en una cara redondeada, dos niños con una ropa que les queda un poco grande. Ay, cuánto les echa de menos, esta maldita guerra... ¿No es maravillosa su Malenchen? Y guapa, con vestido nuevo. Lana noruega de los pies a la cabeza, tanto ella como los niños, *Mensch*, ¡eso es lo importante!

El calor es sofocante, el buen olor del taller queda oculto por el hedor a rancio de su uniforme mojado. De pronto pensé que sería una buena idea salir a dar un paseo para tomar un poco de aire fresco y ver si había algo que comprar.

Entonces llegó el ingeniero R., estremeciéndose de frío, uf, esta humedad es terrible... Está la cosa como para pillar una neumonía. Y caí en la cuenta de que fuera no iba a encontrar aire fresco, sólo bruma, y, para colmo, no había nada que comprar, así que me quedé. El ingeniero propuso echar una partida, ¿es posible? El zapatero, inclinado hacia el tentempié que tenía en el regazo, apuntó con una rebanada de pan a medio comer a Rupert, que chasqueó los dedos: ¡Bravo, zapatero!, no le temes a una pelea con la Wehrmacht. *Jetzt knallt's, pass auf!*

A continuación, dispuso las piezas, golpeando el tablero y, lanzando una estocada, gritó: ¡En guardia! *Pass auf*, uno, dos, tres. ¡Preparen armas, listos! ¡Fuego! Ja, ja, ja.

Tum, tum, tum. Exclamaciones y juramentos alegres, puñetazos en la mesa, golpetazos a las casillas. Había leído todos los libros de ajedrez que conocía y jugaba como el mismo demonio. Lo que no sabía era que el arte del silencio es el estandarte del ajedrez. Aunque, sin duda, jugaba con bravura, deteniendo los ataques, avanzando y cargando bruscamente contra las tropas contrarias. Ojalá hubiera contenido esa risa triunfal que le subía desde el estómago cada vez que hacía un movimiento certero.

El zapatero se había sentado ante la máquina de coser, clic, clic, clic, pero, cuando extendió la mano hacia el tablero, me percaté de que le temblaba un poco. Y al mirar al jefe de correos, al ingeniero, al conductor del ómnibus y a Dåe, supe que ellos también lo habían notado.

El tiempo entre cada jugada se alargaba cada vez más. Todos pensábamos y sentíamos lo mismo: esta partida debemos ganarla nosotros. ¡Tenemos que vengarnos de este maldito alemán, no puede ganar! Yo había acabado con una pesada horma de hierro en la mano. Contemplé con odio el sombrerito puntiagudo de Rupert. Oh, maldito alemán patizambo que tan bien conoces las reglas del juego… ¡Jamás ganarás esta partida!

Despacio, muy despacio, fue rodeando al zapatero.

El tiempo entre movimientos se prolongó aún más. Los dedos del zapatero revoloteaban rápida y nerviosamente entre sus herramientas de trabajo. Durante una hora esperamos mudos y en tensión a que hiciese su próxima jugada; Rupert, impaciente, tamborileaba con los dedos en el mostrador. La gente entraba y nadie salía; el local rebosaba de odio y silencio, sólo interrumpido por los graznidos en alemán-noruego de Rupert, que nos trataba con tanta camaradería que era para ponerse a llorar. De pronto, echó un vistazo a su reloj y vio que le quedaba poco tiempo, ¿y bien, zapatero? ¿No te atreves, o qué? No, no. Uno no debería empezar una pelea con la Wehrmacht. Se rió en busca de nuestra aprobación, pero sólo encontró cabezas gachas. La bombilla iluminaba el rostro del zapatero, dándole un tono amarillo marfil. Dos tensas arrugas marcaban las comisuras de sus labios. Sin embargo, tampoco esta vez alzó la vista.

Cuando Rupert se fue, sus piezas dominaban el tablero. El zapatero estaba protegido por sus peones, pero tan bloqueado que no podía tocarlos sin sufrir pérdidas. Nadie quería marcharse hasta que moviera, para ver qué hacía.

Fuera había oscurecido. La niebla se cernía sobre la ventana como un humo rojizo, reflejando la luz que provenía del interior. Las manos del zapatero habían quedado inmóviles; encorvado, miraba fijamente el cristal con todo su rostro pálido y hermoso, con los ojos como dos puntas de lanza negras.

No vas a mover esta noche, ¿no?, inquirió alguien. Entonces él se giró lentamente y miró al que había hablado como si hasta ese mismo instante no hubiera reparado en la presencia de todos nosotros.

Acto seguido, cogió su caballo con un movimiento cansado, lo sostuvo un momento como si fuera a cederlo para siempre, golpeó el peón que custodiaba al rey de Rupert y puso su caballo en la casilla. Los demás nos miramos sin sonreír. El zapatero había vuelto a su trabajo.

Entonces alguien con voz ronca se atrevió a hablar de nuevo.

La cosa no pinta bien para nosotros.

El zapatero frunció los labios y le dirigió una mirada de desdén y compasión. No dijo nada.

En ese momento, descubrí que el ingeniero R. se había marchado y me fui. A esas horas ya no salía ningún ómnibus para la mina, así que debía de seguir por Vikjo. En lugar de dirigirme a casa, bajé paseando hacia el muelle, que estaba desierto. Abajo, en la capitanía del puerto, el tenue resplandor rojizo de las ventanas brillaba en la niebla; los alemanes nunca cubrían las ventanas. Por lo demás, todo estaba sumido en una oscuridad acuosa. Únicamente el olor a mar me indicaba dónde se encontraba el borde del muelle; ningún susurro me avisaba de que estaba demasiado cerca. El silencio era tal que, al detenerme a escuchar, lo oía bullir, parsimonioso como un sueño. Temblaba, porque la humedad me había calado la ropa. En el fiordo, tampoco había ni rastro de gaviotas, pero un cuervo graznó dos o tres veces al otro lado del dique que se extendía más allá. En esa dirección no había más casa que la del zapatero; una casa estrecha de hastial puntiagudo que descansaba sobre unos cimientos altos y que, en lugar de un revestimiento de madera, estaba cubierta de papel alquitranado y listones. Al acercarme, divisé dos cuadrados de luz; dos ventanas. A pesar de que no distinguí nada más, lo vi todo tan claro como en pleno día: la casa alta y solitaria que se alzaba como una amenaza sobre la marisma, con aquellos feos listones, e incluso el puente de madera que se extendía desde las escaleras del sótano hasta más allá del comienzo del dique, donde estaba la poza en la que Ragnhild solía lavar la ropa.

A nadie más que al zapatero se le habría ocurrido construirse la casa en un lugar como aquél. Allí reinaba la humedad tanto en verano como en invierno. Incluso cuando hacía tanto calor que el dique estaba casi seco y resultaba más peligroso que nunca para los niños que se atrevían a saltar de piedra a piedra, al anochecer un velo blanco de niebla se abatía sobre la zona.

Me quedé escuchando junto a las ventanas. Creí oír la risa de Ragnhild una vez, por lo demás todo estaba en silencio. El frío me obligó a echarme a andar hacia la fábrica de aceite de arenque que zumbaba en la oscuridad; pequeños puntos rojos de luz se proyectaban desde sus ventanas. Sin embargo, atormentada por la soledad, más ostensible en un sitio donde vivía y trabajaba mucha gente, regresé enseguida.

No sé cuánto tiempo deambulé por los alrededores de la casa. Cuando, al final, se abrió una puerta, un escalofrío me recorrió de arriba abajo.

Un hombre susurraba; no logré reconocer la voz. Ragnhild soltó una risita sibilante, y luego se hizo el silencio de nuevo. Yo, con los puños cerrados en los bolsillos del abrigo y los dientes tan apretados que me dolían las mandíbulas, no me moví.

La puerta volvió a cerrarse.

Y entonces toda la miseria que me atenazaba se apoderó de mí y rompí a llorar, aunque bien podría haber soltado una carcajada. Una exquisita oleada de odio me hizo entrar en calor.

No distinguía nada en la oscuridad, pero sí oía el sonido metálico de los pasos que se alejaban.

Al rato lo vislumbré durante un breve instante a la tenue luz de la puerta de la capitanía del puerto. Aquellos hombros redondeados se parecían a los de Rupert. Desde luego, podría haber sido otra persona, pero estaba casi segura de que era él.

Al día siguiente, la niebla, más blanca, desprendía un cegador brillo plateado. Al aproximarte a ellos, los árboles parecían fantasmas de troncos relucientes; y en sus ramas refulgían miles de lágrimas. Una tonada radiante y melancólica vibraba a través del joven bosque: los estorninos habían regresado.

Me pasé en varias ocasiones por el taller del zapatero; las piezas seguían en el mismo sitio, y no tenía paciencia para quedarme. Una de las veces, al salir, la bruma se había desgarrado en jirones que se aferraban a las copas de los árboles, soltándose a regañadientes y dando paso a otros nuevos que ocupaban su lugar. Después, viva y rugiente, volvió a espesarse y derramó una fina lluvia que formó un charco límpido como un espejo.

Abajo, en el puerto, compré el periódico, que traía buenas noticias. La gente estaba alegre, el mar chapoteaba bajo el muelle y las gaviotas graznaban; efímeras llamaradas de oropel solar emergían del fiordo para desaparecer al punto. Rupert había ido al taller para mover ficha, pero, cuando yo llegué, ya se había marchado.

Dåe, el proyeccionista del cine y el jefe de correos comentaban las últimas noticias. Nikolaiev había caído, y se había abierto una gran brecha en Besarabia. El zapatero, ocupado con lo suyo, no intervenía en la conversación. Y yo también me ocupé de lo mío. Me habría gustado hablar con él, charlar un rato, pero no era el momento. Y no lo era porque la guerra lo copaba todo.

¿Estuviste en casa anoche?, le pregunté. Él negó con la cabeza, sorprendido, pues yo sabía muy bien que no había pasado por allí.

No, vaya... Tenía curiosidad.

Y otra vez la guerra. Él se limitaba a escuchar a los demás.

Para Pascua estarán fuera de Rusia, afirmó alguien.

Sí, y qué... Para entonces tendremos nosotros a los rusos dentro. Si Finlandia se rinde ahora...

Finlandia no se va a rendir. No les quedará otra, porque habrá una revolución allí. Es la dinámica del poder. Ja, lo mismo que nos ocurre a nosotros. ¡Dios mío! En ese caso, dejarán que Mannerheim[4] se cuelgue de un árbol. ¿Y qué? ¿Y qué si tenemos a los rusos encima? Sí, quién sabe...

Decididamente, era imposible quedarse allí. Salí, la niebla, aún más densa, revoloteaba y se extendía, ahora

[4] Carl Gustaf Mannerheim fue un militar y estadista finlandés que lideró su país durante la Segunda Guerra Mundial y fue presidente de Finlandia entre 1944 y 1946. Tras su renuncia a la presidencia por motivos de salud, se retiró a Suiza. Murió en Lausana el 27 de enero de 1951.

teñida de un azul pálido. Las siluetas surgían de ella para desaparecer al instante, como si viviesen lo que dura un parpadeo y se convirtieran en polvo después.

Pedí usar el teléfono en la barbería y llamé a la mina. Esperé en la cafetería hasta que el ingeniero R. bajó en el ómnibus.

Estoy muy emocionado, dijo nada más bajarse. Me han avisado de que quería hablar conmigo.

Sí. Se trata de la partida de ajedrez entre el zapatero y ese tal Rupert.

¿Hmmm? ¿Ha ganado?

No ha terminado. Pero resulta que… Rupert visita a su esposa entre jugada y jugada. Estuvo en casa de Ragnhild anoche.

Lo solté de carrerilla, sin pararme a tomar aliento. Ragnhild era de esas mujeres que pueden hacer prácticamente lo que quieran y que, aun así, les gustan a los hombres. Como cuando se subió a un barco de pesca extranjero y se olvidó de desembarcar cuando zarparon; se quedó con aquellos hombres diez días… Las mujeres de Vikjo le negaron el saludo durante mucho tiempo, pero los hombres, que la apreciaban, la defendieron. No obstante, esto ya era pasarse de la raya…

¿¡Quién ha dicho eso!?

Lo sé.

¿Cómo lo sabe?, preguntó con hostilidad.

Lo vi con mis propios ojos. Yo… estaba haciendo un recado en la fábrica de aceite de arenque. Y cuando pasé por allí le pillé saliendo.

¿Está segura de que era él?

Segurísima.

El ingeniero, en silencio y sin mirarme, torció el gesto y entrecerró los ojos. Yo repuse:

Lo siento por el zapatero.

No respondió, y a mí se me cayó algo de tabaco mientras me liaba un cigarrillo, que quedó fino por un extremo y suelto por el otro.

Venga, me dijo, levantándose antes de que pudiera encenderlo.

Subimos al taller.

Sólo estaban el zapatero y el operador de la terminal, este último sentado en el mostrador.

Tenemos una oportunidad… si Rupert comete un fallo.

El zapatero lustraba un zapato remendado. Escupió al cuero antes de darle con el cepillo, sin prestar atención alguna al tablero.

No tocaremos ese alfil, continuó el otro.

No volverá a jugar contra ese tipo, intervino el ingeniero.

Se hizo el silencio. El zapatero alzó la vista, como si lo mirase desde lejos. El ingeniero continuó.

Deja la partida. No permitas que te gane un alemán.

Tendré mi revancha, susurró el zapatero, resuelto y a la vez temeroso. La vejez le cernía los ojos.

No dejes que se burle de ti, protestó el ingeniero. No nos pondremos en ridículo ante ellos. Si lo hacemos, tendremos que callarnos también si nuestras mujeres se acuestan con ellos.

El zapatero respondió agarrando el alfil. Yo le puse la mano encima de la suya.

Abandona esta partida, dije. Es inútil. No le concedas el placer de ganarte.

Tendré mi revancha, repitió el zapatero.

El otro día encontraron algo repugnante en la ciénaga. Apenas un revoltijo marrón y negro de porquería, a duras penas contenido por una especie de tela. Llevaba botas y cinturón, de lo cual se dedujo que se trataba del cuerpo de un soldado alemán de aquella época. Yacía con la cara hacia abajo y las piernas hacia arriba, unos metros más allá del dique. Les costó sacarlo, la cabeza se había atascado. Finalmente consiguieron extraer el cuerpo, sin la cabeza, que recuperaron más tarde. Había niebla. Tanto ahora como entonces, los árboles flotaban en el aire y lloraban en silencio. Por eso lo recuerdo tan vívidamente.

Por la tarde, Rupert se quedó un rato más en el taller y el zapatero realizó unos movimientos rápidos y convulsos. Desplazó su rey por todo el tablero, como si intentara esconderlo. Era puro frenesí.

No vale la pena que le digas nada, me advirtió el ingeniero antes de irse, tuteándome.

Así que no lo hice. Pero les fui susurrando lo que sabía a todos los que aparecieron por el taller. Y todos y cada uno de ellos se quedaron boquiabiertos, pálidos, nerviosos. Yo apenas podía ocultar mi regocijo. Quizá esta tal Ragnhild no fuera tan increíblemente hermosa, al fin y al cabo…

Aunque el zapatero se detuvo, el jaque era inevitable. Rupert preguntó: ¿Te rindes, zapatero?

No se rindió.

Rupert salió por la puerta con una sonrisa; ya sé cómo se dice. «Zapatero, a tu horma». Así es como se dice. *Auf Wiedersehen.*

Bajé al puerto para comprar mi ración de aguardiente. La primavera se sentía en el aire, aunque sofocada bajo la niebla.

Aquella noche, el taller estaba lleno. El jefe de correos, el proyeccionista y el conductor del ómnibus habían traído sus tableros, pero nadie tenía ganas de jugar. Tampoco hablaban del frente oriental. Sacaron el tema de las malditas niñatas que se juntan con alemanes. Yo puse todo mi aguardiente encima del mostrador.

Poco a poco, comenzaron las insinuaciones: ¿qué hace tu esposa mientras tú estás trabajando día y noche? Deberías ocuparte de ella, ¿no crees? Atiéndela...

Porque resulta que hay otros que se están ocupando de ella, ¿sabes?

El zapatero, impasible, se fue sacando una a una las puntas que sujetaba entre los labios, para clavarlas en la suela que estaba arreglando.

Para él aquello no era nada nuevo. Pero nadie sabía si realmente le importaba o si le daba igual. Algunos decían que la molía a palos cuando las cosas se ponían feas. Aunque ella le superaba en tamaño, según la gente, él era fuerte como una hormiga. Y, en las semanas posteriores a la paliza, Ragnhild se comportaba con amabilidad y lo trataba como una enamorada. Eso era lo que se comentaba en Vikjo.

Entre el humo y las discusiones, el ambiente se volvió sofocante. El contenido de las botellas menguaba por momentos. Alguien golpeó el mostrador y maldijo. ¡Hostia!, ¿acaso no somos hombres? Podemos hacerlo tan bien como esos bastardos uniformados. Es el uniforme. No es más que el uniforme, a las mujeres les encantan esas bobadas.

Tú, zapatero, que eres guapo y todo eso... Con esa maña que tienes con las mujeres, ja, ja, ja, sí, tú sí que sabes... Deberías...

No, tú nunca te las verías en ésas. *God damm you*, zapatero. Recibió una palmada en el hombro, con toda la exaltación de la amistad que suscitaba el alcohol. Maldita sea, muchacho, menudo cabrón estás tú hecho, ja, ja.

Le ganarás de mano, sí, acabarás con él. Se lo tiene merecido. ¡Suerte!

El otro continuaba enfrascado en su trabajo. Sin embargo, sus manos estaban quietas, y la que sostenía el martillo descendió hasta su rodilla.

No, maldita sea, dile que se vaya al infierno. ¡No juegues más con él, zapatero! Y a tu parienta la tiras al mar.

Se hizo el silencio. El zapatero alzó la vista.

¿Quién ha dicho eso?

¿Eso?

Hmmm... Eso, sí. Lo sabe todo el pueblo, dijo una voz al fin.

El rostro del zapatero, imperturbable, parecía tallado en marfil. Pero en sus ojos había cierta inquietud. Sí, algo se agitaba en su interior, casi se oía en el silencio.

Sigilosamente, se giró de nuevo hacia el yunque. Nadie dijo nada más. De repente, habíamos recuperado la sobriedad.

Con los dedos entumecidos, coloqué las piezas en el tablero de ajedrez del cartero y le hice un breve gesto. Él asintió y cogió un peón blanco y otro negro para echarlos a suertes. El zapatero se había puesto a rebuscar entre sus herramientas; se quedó de pie con una vieja horma oxidada en la mano y la sopesó. Después sacó su reloj del bolsillo del chaleco y lo miró como si lo viera por primera vez.

El cartero y yo empezamos a jugar. Yo moví al azar, pero él no lo aprovechó, su estrategia resultaba bastante absurda. Los demás, concentrados en la partida, no intervinieron para nada.

El zapatero tomó la horma que estaba en el yunque y la comparó con la que acababa de encontrar. Después desechó la vieja y cogió su sombrero del estante.

¿Te marchas, zapatero?

Voy a pasarme por casa.

Nadie preguntó. Eran casi las diez. Tómate un trago antes de irte, ¿no?

El zapatero, con una expresión distante y melancólica, negó con la cabeza; rara vez bebía. Al abrir la puerta, una ráfaga de niebla se coló en la habitación caldeada. Sus ojos enrojecidos, centelleantes en aquel rostro inerte, nos miraron una última vez. Llevaba la horma sujeta bajo el brazo. El frío aire nocturno me provocó un estremecimiento.

Cuando nos quedamos solos, nos ensimismamos en la tediosa partida de ajedrez. Después de un rato, alguien descubrió que mi rey estaba en jaque y llevaba mucho tiempo así. El cartero, con dedos temblorosos, recogió las piezas, se sirvió un buen trago en su taza metálica y se lo bebió del tirón. Los demás hicieron lo mismo, alzando sus bebidas hacia los demás, pero nadie brindó. Yo me lié un cigarrillo con rapidez, tenía los dedos manchados de tabaco. Cuando el rugido del aguardiente cesó, nos dedicamos a fumar, sin decir palabra. En aquella quietud, sólo se oía el metálico tictac de mi reloj de pulsera. Nadie sugirió que nos fuésemos a casa; los que salieron a dar una vuelta para ver el tiempo que hacía volvieron tiritando. Cuando aquella tensa espera pudo conmigo, yo también salí a caminar, pero la negrura no me reveló nada. Desde el puerto, me llegaba el suave gorgoteo del mar; a lo lejos, junto al dique, brillaban dos rectangulares franjas rojizas, eso era todo. Las dos ventanas de la casa del zapatero guardaban silencio. En un momento dado, pensé que una luz verdosa que se impuso fugazmente a la niebla era la luna menguante; entonces retornó la oscuridad. Dos garzas reñían en el monte; un cuervo, furioso, intervino y los graznidos cesaron. El eco quedó suspendido entre las copas de los árboles.

El silencio era sepulcral. Angustiada por aquel vacío, regresé al taller, donde todos seguían sentados, absortos en sus pensamientos. De vez en cuando, alguien tosía o se aventuraba con algún comentario superficial. Intenté envalentonarme con un trago yo también, pero sólo conseguí que me ardiera la garganta.

A las doce y cuarto regresó el zapatero.

Si recuerdo tan bien la hora es porque llevaba los últimos cuarenta minutos con la vista fija en las manecillas del reloj. Así pues, a las doce y cuarto entró por la puerta.

Y, conteniendo la respiración, clavamos nuestras miradas en él.

Cerró con calma. Nosotros nos relajamos, recuperamos el aliento.

Sólo había ido a casa a cambiarse, amigos míos, había ido a ponerse unos vaqueros limpios y un jersey en lugar del viejo traje manchado. Sus ojos lucían oscuros, despejados, su semblante algo cansado. Preguntó si alguien tenía un cigarrillo. Todos se apresuraron a ofrecerle sus últimas migajas de tabaco. Intentó liarse un pitillo, pero tuvo que dejarlo; no estaba acostumbrado y le temblaba el pulso. Yo, contenta de poder hacerle ese pequeño favor, le lié uno con diligencia.

Algo les pasaba a sus manos.

Eran las mismas, redondeadas, sensibles, fuertes. Yo las conocía, eran las manos del zapatero. Y, sin embargo, me resultaban extrañas.

Estaban limpias. Era la primera vez que las veía limpias. Se las había frotado hasta eliminar cualquier resto de betún y porquería; recién lavadas, eran amarillentas y estaban enrojecidas en los nudillos. Nunca se las había visto así.

Encendió el cigarrillo y aspiró con avidez. Luego se llenó el termo hasta el borde con aguardiente, lo vació de un trago y soltó un profundo suspiro. Había recuperado algo de color en las mejillas y de brillo en los ojos.

Los demás nos miramos, y nuestras miradas delataban que nuestra amistad era más estrecha e inmaculada que la que suele fomentar el alcohol. Hablamos del tiempo, de la niebla, de la primavera que se avecinaba. De cosas sin importancia de las que nos reímos poco y sin sentido, era agradable escuchar voces de nuevo.

El zapatero, de pie con los pulgares en el cinturón, miraba de reojo su tablero de ajedrez con el cigarrillo en la comisura de la boca.

¿Vas a hacer tu movimiento ahora?, preguntó alguien.

De pronto, una a una y con aire distraído, el zapatero dispuso las piezas en sus posiciones originales, arruinando así la partida.

Ya he hecho mi movimiento, repuso.

Aquella misma noche, Rupert no se presentó en la capitanía del puerto.

Durante los días siguientes, se registraron todas las casas de Dagfinnsvik y alrededores, pero el alemán no aparecía por ningún lado; creían que debía de haberse fugado con un pesquero. Lo buscaron en el puerto, por si se había caído al mar. No hubo manera de encontrarlo. Los demás pensamos que lo más probable era que hubiera huido, porque comentaba a menudo que estaba harto de aquella maldita guerra.

El asunto jamás se resolvió. Nunca más supimos de él.

Ragnhild, la esposa del zapatero, cambió radicalmente después de la desaparición. Durante el par de años que siguieron viviendo allí, la vimos acompañando a su marido día y noche, mansa como un corderito. Había perdido peso y, de alguna manera, parecía haber encogido. Cuando le llevaba comida al taller, su voz sonaba ansiosa y suplicante. En Vikjo se decía que se había vuelto más amable porque él la zurraba con frecuencia. Cuanto más le pegaba él, más le quería ella.

El otro día, cuando encontraron el cuerpo de un soldado alemán en el dique, me acordé de todo esto. De la época de la guerra. Su cabeza aún estaba en el fango cuando extrajeron su cuerpo, pero luego descubrieron que tenía el cráneo aplastado. Antes de tirarlo, le habían atado una horma de zapatero al cuello con una cuerda que se le había clavado en las cervicales.

La niebla se derramaba en jirones sobre el dique, extendiendo su mano muerta sobre Dagfinnsvik. Por eso recuerdo todo esto como si acabara de suceder. Hasta me parece sentir su aliento en mi cara.

En el rincón más oscuro de la terminal encontré unos sacos de paja. Me resguardé entre ellos para evitar las corrientes de aire. Tras el gélido viento del este que soplaba en el muelle, allí hacía hasta calor. De alguna manera, conseguí tumbarme, me tapé con el abrigo hasta los ojos y arrebujé los brazos bajo el suéter.

Habría sido maravilloso estar en mi propia cama, pero no quería irme a casa. No, no quería irme a casa.

Logré echar alguna cabezada, aunque la mayor parte del tiempo la pasé despierta y temblando un poco, con la extraña sensación de estar dormida a pesar de todo. Oía el viento del este cantando y rezongando por el almacén, y lo sentía en la cara cada vez que aullaba a través de una grieta. Estaba muy, muy cansada. La gente entraba y salía a toda prisa, dando tumbos con cajas o lo que fuera, maletas, sacos… Algunos hablaban a gritos. Sin embargo, el viento del este acallaba las voces, que se volvían irreales y distantes, como en un sueño. La bombilla somnolienta iluminaba la niebla en el centro del cobertizo con una luz apagada que daba a aquellas figuras un aire espectral, el resto de la estancia estaba sumido en la oscuridad. A veces no recordaba dónde estaba ni por qué, y era agradable, casi tanto como dormir. El intenso hedor del polvo de los sacos, del pescado seco y la madera fresca lo impregnaba todo. Era un olor frío, ¿o era sólo que yo estaba congelada? En casa estarán calientes. Habrán dispuesto algunos catres en la cocina, donde solemos quedarnos para protegernos del viento del este, que no pega tan fuerte en esa zona. Pero no quería irme a casa.

Cuando me incorporé, con los dientes castañeteando, los supuestos motores de avión que había oído sobrevolándome no eran sino el viento del este hostigando el tejado de chapa ondulada. No paraba de temblar de frío. Entonces comprendí que me había dormido. Necesitaba salir al muelle y agitar los brazos o correr alrededor del almacén para entrar en calor.

Sin embargo, fuera estaba tan negro como dentro de un saco. Apenas si era capaz de moverme, parecía que la oscuridad me hubiese entumecido los brazos, y, aterida por el viento glacial, rompí a llorar.

Algunos lo hacen y desaparecen. Yo no me atreví, nunca me atrevo. Es extraño, porque no puede ser peor que todo lo demás y, aun así, no me atrevo.

Daba igual que alguien me viese, tenía que subir a la cafetería. La cafetería nocturna que se encontraba encima de la terminal, la sala de espera donde la gente toma algo hasta que llega el barco. O donde simplemente se reúnen para ver quién va a embarcar. Por lo menos, allí se estaba bien.

En el rellano de la escalera había algunos chicos del pueblo; los conocía, pero no los saludé. Envueltos en una vertiginosa y amarga nube de humo de tabaco, se pasaban una botella de aguardiente por turnos. Soltaron groserías a mi paso, y uno de ellos me escupió. No quise arriesgarme a devolvérselo, porque se habrían dado cuenta de que había llorado y estaba congelada, y entonces no habría tenido el mismo efecto.

Note calor al entrar; sin embargo, los clientes tenían los abrigos abrochados hasta el cuello, y también Gunvor, la de la cafetería, que además llevaba un chal y unos enormes zuecos de paja. Se habían acurrucado en una esquina junto al mostrador, cerca de la estufa. No me atreví a mirarlos. Allí, de pie, me soplé las manos para reanimarlas, y fingí estar absorta en algo, sin fijarme en nadie. Quise sentarme sola en el rincón más alejado, pero estaba ocupado por un hombre.

Un hombre a quien nunca había visto. Estaba leyendo el periódico, llevaba un impermeable y a su lado había un bolso de viaje. Tampoco podía sentarme en las mesas que estaban pegadas a la pared, donde, sola, quedaría expuesta al escarnio y los comentarios mordaces. Pero los de la esquina empezaron a tantearme con la mirada y a arrimarse unos a otros; y sentí que me mareaba de soledad. Así que me senté sigilosamente a la mesa del desconocido, que ni reparó en mí ni alzó la vista. Oía la risa de Gunvor, inclinada hacia el mostrador, lanzándome miradas envenenadas. El viento del este, que conoce cada recoveco de cada casa de Dagfinnsvik y no nos deja en paz en ningún sitio, se paseaba de puntillas por la cafetería; tuve que cruzar las piernas, meter los brazos debajo del jersey y tensar los músculos para no ponerme a tiritar de nuevo. En la mesa había una taza de café medio vacía y una cafetera con la mancha marrón de una gota que había caído desde el pico por el gres blanco. Me habría gustado beber algo caliente. Aquí suelen servir unas galletitas hechas con miga de pan para acompañar. Recién salidas del horno estaban buenas, y me gustan las tazas blancas y gruesas que usan en estos establecimientos. De pronto me fijé en un platito, un poco más allá de la cafetera, con una tortita doblada por la mitad. El hombre se la había dejado. Una tortita con una fina capa de harina de color amarillo claro procedente de la tabla de amasar y unas burbujas renegridas de la placa del horno. Abierta ligeramente por un lado, permitía vislumbrar el relleno de mantequilla con azúcar. En ese momento, el hombre dobló el periódico. Sin apartar la vista del plato, me percaté de que me estaba observando. Era moreno, con los rasgos marcados y los ojos brillantes; esto también lo vi sin mirarlo. Cuando al fin levanté la cabeza, tuve que frotarme los párpados para poder percibirlo bien, y dije:

Hace tanto viento que me lloran los ojos.

Él asintió y, después, se dedicó a examinarme calmosamente. Y fue como si entrara en calor. También me alegré, porque era mi tipo: grande, de hombros anchos y angulosos. Me gustan los hombres grandes, no puedo evitarlo. Le miré la mano con la que sostenía el periódico. No llevaba anillo. Sus dedos se curvaban hacia un lado, torcidos. Aun así, era una buena mano; nudosa y huesuda. Me alegré de que no llevara anillo.

Quizá la señorita quiera hacerme compañía si pido algo de comer, dijo.

Como no respondí nada de inmediato, debió de malinterpretarlo.

Tal vez haya sido una grosería por mi parte. Pero ¿qué otra cosa puede uno hacer cuando una mujer hermosa se sienta de repente a tu mesa?

De verdad dijo «mujer hermosa», y creo que realmente quería decir que yo era un poco guapa, bastante guapa, porque ahora que ya no tiritaba de frío es posible que no tuviera tan mal aspecto. En todo caso, me reconfortó, aunque no me salía la voz, por lo que me limité a asentir, esperando con ansia la comida.

Dijo su nombre, yo no me presenté. Primero quise averiguar cuánto sabía. No era de la ciudad como había pensado al principio, pero debía de haber viajado mucho, se le notaba en el modo de hablar. Tampoco era joven, no, tal vez fuese bastante mayor, pasaría los cuarenta. Y no era apuesto. Bueno… no como ha de serlo un hombre. Su voz era suave, áspera y cálida, de esas que te envuelven y te absorben. Labios carnosos y nariz grande, y profundos surcos en las mejillas. Unas oscuras ojeras rodeaban sus ojos brillantes, y dos profundas arrugas señalaban su entrecejo y continuaban por su frente, alta y fuerte. Él se atrevía a mirar, y yo, allí sentada, me volví guapa y radiante bajo su mirada. Luego dio unos golpecitos a la taza y pidió café caliente, tortitas y gofres. Gunvor se acercó a la mesa y tomó la orden con un gesto hosco. Yo me limité a contar las puntadas del borde de mi jersey, pero atisbé de soslayo su rictus antipático. Por suerte, no me dirigió la palabra. Cuando se fue, me acerqué la mano del hombre y se la acaricié. Era tan amable conmigo que no podía hacer otra cosa, tenía que acariciarle la mano. Entonces él cogió la mía con mucha calma y la apretó con fuerza. Me preguntó cómo me llamaba, y le dije mi nombre de pila. Sonrió, y era ese tipo de hombre que hace que sientas tu propia piel cálida y blanca, que te permite ser tú misma. Además era grande, y eso me gustaba. Mi madre dice que un hombre ha de ser, ante todo, amable y trabajador. Sin embargo, mi padre dice que debe ser sabio. Es posible, yo no sé distinguir si alguien sabe mucho o no. Lo que sí entiendo es que me siento bien a su lado cuando es grande y tiene rasgos marcados. Y cuando se atreve a mirar, mi piel, mis ojos y mis labios confían y se abren para él.

Gunvor, a propósito, tardaba mucho en servirnos. Pero ya casi me había olvidado del hambre, inquieta como estaba por la llegada del barco que lo alejaría de mí aquella madrugada. Me preguntó si esperaba a alguien, y me alegré de poder decirle que no. ¿Iba a coger el barco, pues?

Asentí, sí, estaba aguardando el barco. Quiso saber si iba lejos, pero no respondí. Él sólo iba a cruzar al otro lado. Vivía en la misma región.

Se oían voces en el vestíbulo, voces nuevas, insistentes. Le agarré la mano instintivamente, la mía comenzó a sudar. Y cuando se abrió la puerta, me puse colorada y agaché la cabeza, a pesar de estar sentada de espaldas a ella. El corazón me latía tan rápido que hasta temblaba.

Los recién llegados se sentaron a una mesa junto a la pared y saludaron con gran algarabía a los demás. No se percataron del resentimiento silencioso del grupo de la barra. Y es extraño lo escandalosos que son para todo; no pueden sentarse sin anunciar al mundo con un gemido que ya están allí. Ahora, con mi mano en la suya, lo noté por primera vez. Y sólo entonces me di cuenta de que, en el fondo, lo había percibido desde siempre. Incluso Willy. Hacía ruido al comer y al masticar, y chocaba los dientes contra el vaso al beber. Pero, bueno, era Willy. Y tres días antes había montado guardia frente a la puerta de su dormitorio por la noche con un bote de salmuera que pretendía echarle en los ojos a la zorra pintada que estaba con él en cuanto saliera. Y lo habría hecho si no me hubiera quedado dormida al final, exhausta por la angustia y el llanto. Fue el mismísimo teniente coronel quien vino a buscarme y me echó.

Torbjørn me acercó aún más hacia sí, arrimó mi silla a la suya y me puso un pesado brazo en el hombro. Echó un vistazo a la mesa ruidosa, más sorprendido que hostil.

Buenos chavales, en realidad, dijo. Y me atreví a mirarlos yo también, y no me molestó que Willy no me prestara atención, ni que Guri Vengje estuviera con ellos.

Fíjate en la muchacha que los acompaña, continuó. Los otros noruegos la ignoran. Le dan la espalda con un desprecio gélido. Pero dime si eso evita que se sonroje.

Se rió un poco, casi con benevolencia.

Está borracha, dije.

Los de la esquina empezaron a levantarse para irse. Gunvor trajo el café y la comida; mientras servía la mesa, yo dibujaba con una cerilla en el cenicero. Torbjørn me soltó el hombro para buscar dinero y la cartilla. Cuando ella se marchó, dijo:

Borracha, según tú. Eso no cambia nada. Lo que me asombra es la transformación total que se produce en las mujeres. No el descaro, eso no es más que autodefensa. No, es ese brillo. Florecen con osadía, rezuman ganas de vivir. Su piel y su pelo. Sí, incluso su ropa.

¿A qué hora zarpa tu barco?, pregunté. Él consultó su reloj.

¿Mi barco? ¿Tú no vas a coger el mismo?

Sí, susurré.

Ah, todavía queda un buen rato. Se guardó el reloj en el bolsillo. Ese brillo, el ardor que irradia, de sensualidad femenina... rara vez lo vemos en este país. En las mujeres del sur sí, allí la atmósfera es diferente. Es más que la pasión, son las promesas que inhalas junto con el aire que respiras. Es la esencia de la pasión: la voluptuosidad. Se rige por su propia ley, con sus propias armas, entre la gente del sur. Su valor es incalculable. En ese momento, se detuvo y sacó tabaco y una enorme pipa. Me costaba seguirle, pero capté las palabras y las devoré; me abrieron algo, liberaron algo que no me había atrevido a abordar por mi cuenta. Empezó a cargar la pipa con minuciosidad, con sus dedos torcidos y arqueados y con movimientos torpes.

Conocí a una española, eso fue hace siete u ocho años. Tonta como una pantalla de lámpara. Y de heroína no tenía nada, le daba miedo coger un rifle. Pero, Dios, ¡lo que lograba con una simple mirada! En los hombres, españoles, franceses, alemanes y escandinavos. No amaba a nadie, los amaba a todos. Amaba hacer el amor. Sonrió con la pipa entre los dientes, y se dio unas palmaditas en el bolsillo buscando cerillas. Se me escapó un grito.

¿Cómo es posible que no se avergonzase?

Se hizo tal silencio entre nosotros que yo sólo oía las aspiraciones rítmicas mientras encendía la pipa y la llama de la cerilla bailaba en sus ojos. El ruido de la otra mesa sonaba lejano, y ni siquiera caí en la cuenta de que Willy estaba sentado allí sin verme.

Sí, dijo al fin, contemplando la cerilla apagándose en el cenicero. ¿Cómo es posible que no se avergonzase? Estaba entre los suyos, y aun así no se avergonzaba. Se apoyó en la mesa y exhaló una densa bocanada de humo. Como habría hecho una noruega… Como una noruega se siente obligada a hacerlo, entre los suyos. Luego, ambos callamos y distinguí algunas canas en el pelo rizado de su nuca.

Cómo es posible que no se avergonzase… Lo dijo tan despacio como si estuviera sosteniendo cada palabra y considerándola antes de pronunciarla. Tú lo has dicho. Ésa es la gran tragedia, la tragedia más amarga de nuestra nación. Rió quedamente. He escuchado a varios jóvenes preguntarse qué les sucede. Si no hay hombres en Noruega, si no somos igual de buenos.

Casi no me atrevía a respirar para no perderme ni una sola de todas esas palabras difíciles. Era como si estuviera hablando con su pipa.

Nos avergonzamos los unos de los otros. Es justo eso.

No todos, repuse yo con cautela, y sentí que me sonrojaba al instante.

No, todos no. Y tampoco siempre. A veces nos desinhibimos. Nosotros. Los hombres. Pero, ay, ¡ay de la mujer que nos reciba con los brazos abiertos y una franca alegría!

Luego guardó silencio y se quedó absorto en las finas columnas de humo que exhalaba.

¿Por qué?, pregunté, a pesar de que en el fondo comprendía la razón.

¿Por qué? Sí, ¿por qué? Se sonrió.

Lo entiendo, dije. Porque no les gusta… que las chicas sean como ellos.

¿No les gusta? No les gusta. Oh, Dios no lo quiera. ¡Dios les libre! Ja, ja, pues que Dios me perdone, pero estoy seguro de que les gusta. Mientras obtengan placer de ello… Faltaría más. Eso sí, después ya saben algo sobre esa chica. Y ella lo nota. Ya no está a gusto con su amigo noruego. Se ve obligada a avergonzarse, por la mística en su propia sangre. Por esta extraña exigencia de recato que es tan noruega, tan noruega… Y entonces va y ni siquiera se atreve a admitir quién es. No se atreve a liberarse de esa Synnøve Solbakken[5], a la que está condenada a emular,

[5] *Synnøve Solbakken*, novela del Premio Nobel noruego Bjørnstjerne Bjørnson en 1857, narra la historia de amor de dos jóvenes con valores y orígenes distintos en la Noruega

si no quiere despertarse sola con el desdén de su amigo. Hasta que llega el extranjero. Con su aura de... de... No importa si viene del este o del oeste. Es un extranjero, viste de uniforme y se ha dejado la decencia en casa.

No lo acabo de entender, murmuré.

No, claro que no. Eres demasiado tonta, tanto tú como las demás. Niñitas desgraciadas que ni siquiera se entienden a sí mismas. Son felices, sin más. ¡Fíjate! Si les escupes y te burlas de ellas...

¡Eso no es cierto!, exclamé.

... entonces son felices, aunque saben que irán directas al infierno. No ven su traición, lo de la patria no va con ellas. Se consumen en el abismo de las alegrías ardientes que de pronto se han abierto ante ellas, sin necesidad de avergonzarse... Escucha, no te asustes, pequeña. Apoyó el brazo en el respaldo de mi silla y se acercó; podía sentir su aliento.

No especules más sobre esto. De todas formas, no entiendes nada.

Ah, sí. Si no te hubieras hecho el listo y te hubieras explicado menos enrevesadamente, lo habría entendido. ¿No será que estás enojado con ellas?

Él se recostó y soltó una carcajada.

Enojado. ¡Dios mío, esta exigencia de odio! No, yo no odio. Me niego a unirme a los aullidos. Y por eso soy un hombre solitario. Me acarició el pelo con la delicadeza

rural. Torbjørn pasará por sucesivas pruebas, conflictos familiares y se verá obligado a madurar para volverse digno del amor de Synnøve y ser aceptado por su familia.

de un suspiro, y una corriente fría y dulce me recorrió la espalda.

Pues… ¿es horrible, no crees?

¿Horrible? Sí, claro, maldita sea, pequeña. Aun así, no soy capaz de odiar. Con exasperación e impotencia veo lo que está sucediendo. ¿Exasperación? Madre mía, sí, es posible. Pero incluso la exasperación se atenúa cuando me esfuerzo por comprender. Se disipa. La relación causal tiene tantos matices y escollos que acaba dirigiéndose contra nosotros mismos. Ese ideal de pureza, esa rigidez… ¿En qué se basa, en última instancia?

Aquello se estaba volviendo demasiado complicado para mí. Se alejó tanto que se le olvidó mirarme y tocarme el pelo. Me incliné hacia él y me di cuenta de que estaba muy lejos de allí. ¿Qué habrías hecho tú si hubieras conocido a una chica así y te hubiera gustado?, pregunté. ¿La habrías amado a pesar de todo o no habrías querido tener nada que ver con ella?

Cuando al fin respondió, lo hizo con el semblante serio.

Si eso la hubiera ayudado… Si con ello hubiera conseguido encarrilarla. Sí. En caso de que se tratara de una chica guapa…

No te creo. En cuanto te enteraras de que ella…

Tienes razón. La habría mandado al infierno.

Su tono era frío, se me entumeció la boca. Entonces esbozó una sonrisa.

Sí. Es cierto, eso hubiera sido bastante razonable. Otra cosa es que yo pueda permitirme el lujo de dejar escapar a una chica guapa. A cualquier mujer, de hecho. Yo.

No me quedó más remedio que mirarle. Su sonrisa era tan extraña y distante que me dolía. Y sentí que tenía que decírselo.

Hoy cogieron a uno aquí.

Él asintió, sin mucho interés.

Jørn de Øyra. Esta mañana temprano.

Él había empezado a golpear su tabaquera y no contestó, quizá no estaba prestando atención.

Tenía un receptor clandestino, continué.

Torbjørn seguía repiqueteando su tabaquera, sin contestar. Aunque me costaba, continué hablando. Tenía que hacerlo.

Es mi primo, Jørn de Øyra. Mi voz había desaparecido casi por completo, transformada en una especie de gemido lastimero. Y no sabemos qué van a hacer con él.

Torbjørn dejó de tamborilear, pero no apartó la vista del cenicero.

Yo sí lo sé, afirmó, revolviendo las cenizas con la pipa.

Pasó mucho tiempo antes de que me armara de valor para soltarlo. Respiré hondo.

Fue una… chica. Quien lo delató. Una como ésa.

El cenicero estaba a punto de volcarse. Torbjørn, sentado frente a mí, guardaba silencio.

En la otra mesa contaban historias, las risas llegaban a ráfagas. Y el viento del este hacía vibrar las ventanas.

¡Torbjørn! ¿Qué habrías hecho… con una chica así? Mi susurro era apenas perceptible.

No lo sé, respondió después de un buen rato. Pero conocí a una chica así.

¡¿Qué hiciste con ella?!

No la he vuelto a ver. Su tono era gélido como la muerte.

Intenté coger aire y sentí un leve espasmo en la garganta.

No lo hizo a propósito, dije, con voz chillona. La emborracharon y se le escapó. Pero no quería, jamás pensó que ocurriría algo así. Sé que no lo hizo adrede.

De repente sentí su mano sobre la mía, una mano dura y retorcida, de piel suave. Era como si sus nudillos se clavaran en mi carne.

Entonces no hablemos más de eso. ¿La conoces bien…?

Ya. Ya. Cálmate, para un poco. ¿Qué estás haciendo, qué pretendes? ¿Acaso quieres ahuyentar a este hombre? El único que está a tu lado. Estaba hecha un lío, miles de pensamientos se entrecruzaban en mi cabeza. Su mano irradiaba calor, un calor sereno que calmó mi corazón palpitante y tranquilizó mi voz, y llegó a mi cara, mi garganta, mi pecho.

Es una vieja conocida mía.

Willy y los demás se habían ido sin que yo me percatase. Cuando Torbjørn apartó la mano, el frío retornó.

Gunvor volvió para recoger las tazas. Al principio sólo vi los zuecos de paja y el borde de su abrigo. Luego la mano en su cadera, que se balanceaba ligeramente. Y, por último, la sonrisa pálida y fea y los ojos entrecerrados.

Qué pasa, solté olvidando el fino modo de hablar de ciudad que había usado casi todo el tiempo para gustarle.

¡No tienes vergüenza!, me reprendió ella.

Me quedé sin palabras.

¿No te da vergüenza mostrarte en público? Me hizo un gesto con la cabeza y se volvió hacia Torbjørn. Deberías saberlo, ésta es peligrosa. Hoy se llevaron a uno. Ni más ni menos que a su primo...

En ese instante, todo revienta. Todo se derrumba. Tenía las mejillas, los labios helados... El frío alcanzó lo más profundo de mi ser. Todo se viene abajo...

¡Cierra tu sucia boca! Me había levantado, oí mi voz como un grito que provenía de otro lugar...

¡Puaj, malditos seáis, todos y cada uno de vosotros! Quise seguir a Gunvor, que se alejaba con la bandeja del café y mecía las caderas con parsimonia, haciendo gala de su conciencia tranquila, pero algo me retuvo del brazo.

¡Puaj! ¡Hipócritas, bastardos, cerdos! ¡Vete a casa con tu madre y pídele que te cambie los pañales, anda! Alguien tiraba de mí, luché por soltarme. ¡Cuidado con esa boca de mierda, hija de puta!

De pronto, sentí que me ardía la cara y me tambaleé; escuché la bofetada antes de percatarme de que era yo quien la había recibido. Los oídos me ardían y oía mi propia risa nerviosa, que se detuvo con el siguiente sopapo, y lentamente me llevé la mano a la mejilla y a las orejas candentes. El viento del este atacaba la chapa del tejado y se abalanzaba contra las paredes como si intentara asolar el local. Una mano fuerte me cogió por la nuca y me obligó a volver a la silla, donde me quedé como paralizada. Un silencio sepulcral reinaba en la cafetería mientras el viento azotaba furioso cada rincón. Gunvor había desaparecido, la barra estaba vacía; pero sentí que sus ojos brillantes y saturados de odio me miraban desde la puerta entreabierta. Tardé un rato en distinguir con claridad a Torbjørn; poco a poco fue recobrando forma ante mis ojos, como si hubiese ido creciendo y acercándose gradualmente. Allí estaba, todavía con la mano en mi nuca, y con la otra en la mesa, tambaleándose. Estaba borracho y tenía que buscar un punto de apoyo. Ah, no, lo que su mano buscaba a tientas era el respaldo de la silla, y agarró algo, agarró un bastón grueso con el que golpeó el suelo frente a él y se enderezó, firme.

Algo empezó a deshelarse tras mis ojos, a disolverse en mi cuerpo y en mi alma, la mano que asía mi nuca se aflojó, y yo comencé a temblar. Su rostro apareció ante mí, con las dos arrugas de la frente como cortadas con un cuchillo, profundas como heridas. Un mechón de cabello oscuro le caía por la sien, perlada de sudor. Sobre su boca, blanca y delineada por oscuras sombras, también brillaba el sudor. Y unos surcos negros le rodeaban los ojos, estriados de venillas rojas. Sin embargo, una paz poderosa y fresca fluía de sus rasgos cuando apartó la mano de mi nuca y la posó en mi pelo, con un ademán expectante y atento. No pude contener ni la convulsión que me crispó las comisuras de los labios ni los suspiros entrecortados que me sacudían. Él enterró los dedos en mi cabello, asiéndolo con fuerza.

Entonces me desmoroné. Me dejé caer en la mesa, derramando un torrente de lágrimas que fluía hasta la manga de mi abrigo. Rugía, hervía, burbujeaba y bramaba con el llanto, que limpiaba, sosegaba y liberaba, mientras su mano se deslizaba una y otra vez por mi pelo, apaciguando la tormenta que me domeñaba. Me quedé así, con la cabeza apoyada en el brazo, después de que el llanto amainara. Cerré los ojos y, en mi mente cansada, sentí que aquello que sólo pudo haber sido un instante había durado una eternidad.

Por encima del viento del este y la brisa marina, me alcanzó un sonido ronco, persistente, perdido en la oscuridad. Era el barco, que rodeaba ya el islote del faro.

El suelo se desvaneció bajo mis pies.

Levanté la vista y lo miré, aterrorizada.

Su mano aún reposaba en mi cabeza. Y él me miró, me miró. Con una sonrisa en la que no cabían ni el juicio ni el perdón. Con una seriedad que comprendía.

Me soltó y se enderezó, sin apartar la vista. Yo me sequé la cara con la manga y me puse de pie. Él cogió su sombrero.

Necesito tu fuerza, dijo. ¿Puedes llevar la maleta que está detrás de mi silla? Pesa bastante.

Sí, pesaba, parecía repleta de libros. Pero yo cargué con ella como si nada, mis pies casi ni rozaban el suelo. En la puerta, me giré fugazmente y comprobé que me seguía con el bolso de viaje, aunque caminaba despacio, con cierta dificultad, así que miré hacia otro lado y bajé corriendo las escaleras. Esperé fuera, y esperé un buen rato. Oí el golpeteo sordo del bastón contra las escaleras y unos pasos torpes. ¿Es que no iba a llegar nunca?

Al fin apareció en la tenue luz del umbral, alto y ligeramente encorvado. Ese instante fue para mí como una vida entera.

Torbjørn buscaba a tientas los escalones con su bastón, bajaba primero un pie vacilante y arrastraba después el otro con un ligero giro de cadera. Una punzada de dolor ardiente se me clavó en el pecho. Sentí, con la certeza de la muerte, toda la locura del sufrimiento, todos los abrasadores tormentos que le habían forjado las feroces arrugas de la frente y desgarrado los hermosos rasgos y retorcido las manos.

Me di la vuelta y avancé un poco, por si le parecía triste que lo mirara. Lo habría llevado en brazos, sí, Dios mío, lo habría cargado en mis hombros y mi espalda tanto como hubiera sido necesario con toda mi condenada y maldita alma.

El barco, que ya se balanceaba junto al muelle tratando de burlar el oleaje, lanzó amarras a la orilla y se acercó hasta que las olas tuvieron que rendirse con una furia impotente. El viento del este intentaba arrancarme la ropa y me sacudía el pelo, que formaba una nube alrededor de la cara. El humo de carbón de la chimenea se precipitaba por el muelle y se arremolinaba sobre nuestras cabezas con un cálido olor a polvo. Apenas miré a Torbjørn lo suficiente para asegurarme de que seguía a mi lado. Él, con disimuladas muecas de dolor, luchaba contra el viento.

Esperé junto a la pasarela sin barandilla, que se balanceaba y estaba algo torcida. Él se quedó allí, vacilante, contemplando con recelo las tablas inquietas, y varias veces levantó el pie para subir, pero no parecía decidirse. Inmóvil, buscaba el lugar adecuado para apoyar el bastón, y entonces me agaché y supliqué, supliqué.

Permíteme. Oh, sí, permíteme que te ayude...

Sí, por favor. La voz era alegre.

Mira, podrías cogerme el bolso. Para que así yo pueda apoyarme en tus hombros. Así. Gracias. Y ahora camina.

Eché a andar, paso a paso. Sentía su peso en los hombros. Lo arrastré conmigo.

Una vez dentro, entre aquellas paredes oscilantes, nos golpeó el calor de las máquinas estruendosas. Era un cubículo estrecho, y olía a carbón y a hierro y a gambuza. El vapor silbaba, el metal golpeaba, las cadenas repiqueteaban a nuestro alrededor y el mar rugía. Torbjørn me soltó, se pegó a la pared, se enderezó y respiró hondo, secándose el sudor de la frente con el pañuelo. Se estaba bien allí, y estábamos solos entre quienes trajinaban sin parar. No me alejé de él, que inclinó la frente hacia mi rostro húmedo. Volvió a rodearme con el brazo, a apoyarse en mi hombro. Nos quedamos así un buen rato; el barco emitió su primera y segunda señal y, cada vez que pasaba alguien, tenía que apretarme contra él. Esperé la última llamada, sintiendo los latidos de su corazón entre los míos. Su voz vibraba en mi ropa y mi piel como un cable telefónico; el ruido ahogaba su sonido, pero yo la oía con todo mi ser, dentro y a través de mí.

Oh, sí. Ahora nos conocemos.

Posé los labios en su frente fría.

Ambos hemos sufrido daños. Pero el nervio vital sigue intacto.

Me acerqué más a él y cerré los ojos.

En ese momento sonó por última vez; el sonido glacial del martillo roto de la campana me provocó un escalofrío y empecé a temblar. Me estrechó con fuerza.

Están retirando la pasarela. ¿Oyes eso, pequeña?

No respondí, no respiré.

Ya no puedes desembarcar. Ahora te quedarás conmigo. Directos contra el viento del este tú y yo.

Entonces recogieron las amarras, la popa se elevó con un rugiente canto de espuma y el barco se estremeció.

MUJERCITAS I

Es la última hora, el profesor Clausen ha pospuesto los deberes y está leyendo para la clase fragmentos literarios sobre la lucha por la libertad de Polonia. Su mirada es oscura, su tono más grave que de costumbre, sus palabras esconden un ardor sosegado. Su voz crea un ambiente fabuloso, vaya. Los alumnos sienten la bandera que llevan debajo del cuello de la camisa, dentro de la manga o dondequiera que la hayan escondido. Porque la bandera ha sido vetada, y el profesor lleva un clip[6] en la solapa de la chaqueta.

El profesor Clausen suele hacerlo así en los últimos tiempos. Lee fragmentos extracurriculares en lugar de impartir las lecciones a secas. Está muy bien. Aunque todo se vuelva bastante político, y a menudo incomprensible. Pues es de nosotras de quien habla, de asuntos que nos

[6] Como desde el inicio de la ocupación, los nazis prohibieron exhibir lazos, banderas u otros símbolos patrióticos, el clip —un objeto cotidiano, fácil de conseguir y de llevar sin levantar sospechas— se convirtió en un símbolo de la resistencia. Solía colocarse en la solapa para representar la unión y la lealtad entre los noruegos, uniendo sus corazones al igual que un clip une papeles. Además, muchos pensaban que su inventor era noruego, lo que le daba un toque patriótico. A pesar de que al principio no llamó la atención de los ocupantes, éstos terminaron prohibiéndolo bajo pena de muerte al darse cuenta de su significado.

conciernen, y de una manera terriblemente astuta, por si en la clase hubiera alguna traidora. Además, le confiere al discurso un tono muy íntimo, dirigiéndose a nosotras como a compatriotas, como a noruegas, y no como a alumnas de séptimo.

El texto está en verso. Dios, qué intensidad la de su mirada cuando recita.

¡A las armas, a las armas, a la muerte o a la victoria por nuestra libertad contra la tiranía eslava!

Es evidente que se refiere a la «tiranía de los alemanes». Ellas lo saben, se miran de reojo y se ríen con disimulo. Es increíble ese sentimiento de confabulación, qué maravilla que el profesor Clausen también sea partícipe.

Oh, Dios, es magnífico... Pero ¿no está a punto de sonar la campana? Fuera brilla el sol, y Helene tiene guantes nuevos. Azules, a juego con los zapatos.

No, la mujer ya no hila ni se ocupa de las sedas y las pieles,
ni se queda en su segura y acogedora casa.
Pues avanza, espada en mano, por el sangriento campo de batalla, en pos de los pasos de su amado...

—Phhffrr...

Madre mía, estás loca, no tiene ninguna gracia.

—Phff... phff... No puedo aguantarme... Los pasos de su amado Phff...

No estás en tus cabales. Cállate, se va a dar cuenta.

No se da cuenta de nada. Está leyendo.

Entonces, desde el cielo, la corona de la victoria os sonreirá,
¡se hará la luz en la noche oscura!
El combate es la danza del Einheriar para el héroe de la
[libertad,
mas para los Thralls será el estertor de la muerte.

Su voz asciende y desciende, les alcanza en oleadas suaves y potentes que les conmueven. Una mosca revolotea impasible en la ventana, por la que el sol se cuela de soslayo. Aquí y allá crujen papeles, la tapa de un pupitre cae con un ruido sordo. Tordis escucha fascinada. Ja, ¡fascinada! Seguramente no ha escuchado ni una sola palabra. Está ahí sentada, estirándose para que se le marquen los pechos en el jersey. Está coladita por Clausen, eso lo sabe todo el mundo. Qué tonta, con esa nariz toda empolvada que contrasta con el resto de la piel, que no está muy limpia. Es una mentecata. Por lo visto se cree muy guapa, con esos pechos. En realidad, es un poco… repelente. Incluso indecente, de alguna forma. Por lo visto cree que Clausen se ha fijado en ella. Pero no es así.

¡Estalla, monstruo henchido de fuego y hiel!
¡Escucha el canto matutino del gallo que el día de la victoria
proclama!
Mejor el poder del infierno que tus ruidosos y oscuros
[demonios.
Esta noche probarás el filo de nuestras espadas.

Ya no prestan atención. Tampoco es necesario, en realidad. Saben adónde quiere llegar, siempre es lo mismo. Se escuchan ruidos ligeros, susurros leves.

Cuidado, Inger, algo se ha caído al suelo. Por lo visto ha sido Helene.

Inger hace como que tiene que atarse el cordón del zapato, recoge la nota con destreza, imperceptiblemente, toda una virtuosa.

«Ya sé quién es él. Oh, Dios mío, estoy tan enamorada… Tu H. L.».

A la larga, los versos resultan cansinos. Tam-tam-tararam. En alguna parte estalla una risa ahogada, los bancos crujen. Silencioso intercambio de notitas. «Voy a ir a bailar a casa de Svend. ¿Y tú? Tu Lise».

Dios, ¿suena o no? Hace un calor horrible.

Margrethe está pálida. Sus atormentados ojos castaños lo miran todo a su alrededor, su expresión es casi adulta. ¿Es posible que lo noten? Clausen, por ejemplo. No… entonces estaría arruinada para siempre, por toda la eternidad. Los demás igual sí pueden, bueno, intuir algo. Espero que sí. No es ninguna deshonra, ha dicho madre. Es algo natural. Es la segunda vez que le viene. La vez anterior le permitieron quedarse en casa, su madre lo explicó como un resfriado en el justificante para el colegio.

Una nota. Ay, qué tontería más infantil… «¿Sabes que Wenche, la de octavo, ¡se va con los alemanes!? ¿Te apuntas a hacer una canción sobre ella? Un saludo de tu H. L.».

Puaj, Wenche. ¿Qué otra cosa podría esperarse? Si su madre ya se iba con ellos… Deberían asarla a fuego lento. El año que viene se recogerá el cabello en un moño. No se lo cortará jamás en la vida. Todo el mundo mira sus relucientes trenzas castañas.

De repente se lleva las manos a las caderas, se muerde el labio. Ay, qué dolor. Es de lo más extraño. Ya es adulta. Una mujer adulta. Un ligero rubor se extiende por su rostro. Observa a las demás para comprobar si alguien ha leído sus pensamientos. Si lo supieran… Esas niñatas.

Mira a Tordis, vaya, se ha olvidado de lavarse el cuello, pfrr…

Está demasiado desarrollada, uf…

Bueno, la campana sonará enseguida.

¡Margrethe! ¿Qué te pasa, Margrethe?, me ha parecido que jadeabas. Bueno, y estás palidísima. No, qué va, creía que te había venido ya la regla. Ya sabes a lo que me refiero. Shhh, no… Espera a después y te contaré algo bárbaro…

¡Por fin suena la campana!

Pero la voz del profesor asciende, asciende. El estrépito de los libros al cerrarse y las carteras y los golpes de las tapas de pupitres se detienen, un silencio vacilante…

… ¡porque la libertad de una nación es algo sagrado! ¡Es la posesión más preciada de la humanidad!

Como si perdiera el aliento, se interrumpe. Su seriedad es como una tormenta muda en el aula inundada por el sol, hay un cierto desamparo en ella. Y se detiene un segundo demasiado largo, el desasosiego retorna a la clase, toca despedirse. El profesor se queda con la palabra en la boca, casi avergonzado. Bueno, murmura, bueno, bueno. Ya nadie lo escucha, cierra el libro despacio.

Cogiste prestada mi goma, ¿dónde está mi goma?

No, déjalo, si apenas lo conozco...

¡Vaya, si es encantador!

Porque habría un caballero de menos...

Seremos siete parejas.

¿Sabes que insistía en besarme?

Bueno, bueno, suena solitariamente en el púlpito.

Nos queda tiempo de sobra antes de que salga el tranvía, vamos a dar una vuelta por abajo otra vez. ¿Estás loca?, no tenemos tiempo. No importa, podemos caminar deprisa. Margrethe dice que no puede, le duele un pie. Pero es que quiero verlo una vez más. ¿Notaste cómo me miraba, con los ojos así un poco...? No, por Dios, ese que iba de azul era muy elegante. No, el que está más al fondo, allí... No, sólo estás mirando tu reflejo, ja, ja. Venga, venid, chicas. Bueno, ¿viste al alemán ese? No, el de azul. Puf, yo no miro a los alemanes. Yo tampoco, aun así... Era guapísimo.

¡Es un enemigo!

¿Es que miras a los alemanes? Puaj, no... Bueno, los calibro. El otro día me topé con dos, muy elegantes, y entonces se dijeron *süßes Mädchen!* entre ellos y me sonrieron. Yo me cabree muchísimo y les miré así... ¿entiendes?, de forma demoledora, hasta que se sonrojaron y apartaron la vista. No debes mirarlos. No debemos prestarles atención. Bueno, yo también lo pienso. ¡Para mí son aire! Y para mí, aire malo, ji, ji. Olor a retrete, ja, ja. Aunque tienes que admitir que algunos son muy guapos, joder. No, no, cuando una los considera como hombres, quiero decir... Pero ¡a ésos no los consideramos hombres! Y tú qué, ¿no tienes conciencia na-cio-nal o qué te pasa? ¿Acaso se te ha olvidado que han invadido nuestro país? Exactamente como hicieron los rusos con Polonia. Quitándonos la libertad. No, no lo olvido, es horrible. ¡Sin embargo, es emocionante! ¡Por Dios, qué boba! Nos lo quitan todo, dice mi madre que este año no tendré pastel de nata para mi cumpleaños. No, y algunos avisan de que pronto ni podremos comprar ropa si no es con cartilla. Bah, eso son sólo rumores. No, tú espera y verás. Ni zapatos tampoco. Bueno, eso ya sucede, y uno al que conozco tiene a un primo detenido y le han arrancado las uñas y le han torturado hasta casi matarlo. ¿Eso también te parece emocionante? Y a mi tío le han interrogado. Pues yo conozco a uno... ¡Dios! ¡Alguna vez en tu vida has visto un sombrero así! ¿Dónde...? Ése de allí. Y esa jeta. Ja, ja, me muero de la risa, phhhfffrrr. ¿Cómo es posible que la gente tenga tan poca autocrítica? Nos vamos, chicas. Oh, ¡socorro! ¿Has visto la mirada que me ha lanzado? Bah, estoy de broma. Dios, creo que me voy a morir. Ni de lejos, escoria... Vaya, ¿visteis esa película, en la logia? No es apta para menores. Yo entré como adulta. Él era de lo más apasionado que he conocido. Phfff ¿Acaso has vivido tú algo apasionado? Ja, si tú supieras. Este verano llevaré un pantalón corto rojo con lunares blancos. ¿Dónde te lo vas a poner?, si no tienes muslos. Ocúpate de tus propios muslos. Shhh, no hables tan alto sobre muslos, que nos van a tomar por locas. Anda, mirad a esa de ahí, ¡puaj! ¡Puaj! Encima con dos alemanes. Diablos, lo digo tal cual. Ya puedes blasfemar. ¡Qué emperifollada! Lleva los labios pintados de morado. Dios, imagínate dos zorros de plata[7], vaya. ¡Jo! Por lo visto no tiene más de dieciséis años. La que le espera cuando termine la guerra, ya te digo. Madre mía, ¡qué manera de contonearse! ¿Y si nos acercamos para mirarla mal?

¡Eh, el tranvía, chicas!

Cuatro pares de flacas pantorrillas de muchacha atraviesan el parque del centro. Margrethe se queda atrás, le falta el aliento. Le pesa la cartera, se ayuda empujándola con la rodilla, su cadera se balancea levemente. Sus dientes sobresalen por debajo del pudoroso labio superior, es como si pidiera ayuda, un poco de ayuda. Las trenzas oscilan vivaces y ágiles sobre sus hombros, el sombrero se le ha desplazado hacia atrás por andar tan deprisa. Una brisa fresca recorre el vagón repleto cuando, una tras otra, entran ruidosamente y lo llenan de jadeantes risas. No hay sitio, o sí, qué narices, hay una zona de asientos libre.

[7] La Operación Zorro de Plata fue una ofensiva militar lanzada en 1941 por Alemania y Finlandia durante la Segunda Guerra Mundial cuyo objetivo era capturar el puerto soviético de Murmansk y cortar la línea férrea vital para el suministro aliado a la URSS. Sin embargo, fracasó debido a la fuerte resistencia soviética y las duras condiciones climáticas del Ártico.

Helene se deja caer en uno. Se levanta a toda prisa, como si se hubiera quemado... Ningún noruego de bien se sentaría ahí. No justo enfrente de uno de los verdes.

Estás loca. Ah, es que no lo vi. Espero que no te denuncie por haberte cambiado de sitio. Buah, que lo intente. Puf, tengo tanto calor. Yo también. Anda que yo... si me tirase ahora al mar sonaría pfff. Shhh, no te rías. Poneos serias. No me aguanto la risa. Te está mirando, ¿sabes? ¿Quién? No te des la vuelta... el alemán. ¿A mí? Sí, todo el mundo te está mirando. Es por todo este alboroto. No, qué dices. Como si vosotras, shhh, no susurréis tan alto. Vaya, dos bancos libres y tenemos que quedarnos de pie. Pues sí, es preferible. Sólo de pensarlo me pica todo el cuerpo. Shhh, imagínate si él... Dios, está mirando de verdad. Ahora sonríe. Vaya, encima descarado. No lo mires tú entonces. Cállate, a alguna parte tendré que mirar. Oye, ¿has visto qué dientes más bonitos...? ¿Dónde? Shhh, pues en la boca, claro. ¿Cómo los voy a ver si no lo estoy mirando? Ahí vamos... Oh, disculpe, no fue mi intención, señora. Pssfffrrr, ji, ji, ¿crees que dejará que te sientes en su regazo? Fue Inger la que empujó. No, es el tren, que ha dado un bandazo. Ay, déjalo. Estás clavándome el codo en la tripa. Ponte para el otro lado. Phhhhffffrrr. Ahora se ríe de nosotras. ¿Quién? El alemán. Shhh, no digas el alemán, que nos va a oír.

Margrethe guardaba silencio. Se quedó agarrada a un respaldo, un rubor febril se extendía por sus mejillas y en las sienes se le habían soltado unos mechones rizados por la humedad. Si se atreviese a sentarse... Sólo en el borde.

No tendría que mirarlo siquiera. Mira, estamos en Kronstad. Quizá se baje aquí, pero no. Se apearon otros pasajeros, pero los adultos debían sentarse primero. Buah, si ella era tan adulta como cualquiera. Se subieron otros nuevos, quedaba muy poco espacio. Nadie se sentó junto al alemán. Bien hecho, en realidad. Fantástico. Se le viene a la cabeza una canción, un grito de júbilo.

Alguien quería pasar junto a ellas, pero no había hueco. Un cuerpo se apretó contra el suyo, cálido, fuerte. Ella lo miró con timidez, de soslayo, apenas si vislumbró un tejido oscuro. Se había quedado encajado entre ella y otra persona, apretujado, por debajo de la gabardina asomaba una insignia dorada. Diantres, qué horror. Tan pegado a ella. Un grito fue tomando forma en su interior, el enemigo, el enemigo. Vislumbró una mano, una mano bronceada y nervuda y unas franjas amarillas en la manga. Esa mano.... Un torrente ardiente de sangre la recorrió, ahora él avanzaba despacio. Un peso cálido de tejido y músculos. Ella logró ver su nuca, una nuca bronceada, y una oreja. Una oreja triangular de animal, un diminuto mechón. No lo estaba mirando en absoluto, no, lo estaba ignorando por completo, pero sí vislumbró una oreja de animal triangular, había en ello un desdén brutal. Y reparó en los ojos hundidos y en la boca, estrecha y firme. Y la mano. Una mano ávida de hombre, tierna y brutal. ¿Tierna? No, uf. Se sentó, con una pequeña sonrisa. Margrethe respiraba con dificultad, estaba mareada. Ahora le sobrevenía con tremenda violencia... aquello. Alguien tiró de ella.

Tienes que sentarte. No queda más remedio. Se te nota que te encuentras mal. A lo mejor pronto te viene eso que ya sabes. Shhh, cállate, por favor. Buah, tampoco es tan raro, tienes doce años. No quiero sentarme. Ni yo, quiero quedarme de pie por la patria. Phhhfffrrr. Shhh, no digas disparates, Margrethe tiene que sentarse.

Ay, la obligan. Es verdad que está indispuesta.

La embarga la dulce indolencia de la enfermedad.

Helene también quiere sentarse, para que no sea demasiado desagradable para ella. Qué generoso por su parte. Para que Helene pueda, ella se desplaza hacia dentro. Se acerca a la gabardina azul engurruñada, la mano nervuda de él la retira para dejarle sitio. Lleva un anillo de sello y... una pulsera. Una fina cadenita de oro que se desliza por su muñeca, que cae en esa ávida mano de dedos largos y sensibles. Hay algo vicioso en esa pulsera. Algo repugnante.

Sí, repugnante. Su oreja es repugnante, una oreja de depredador. Y el hombre es alemán. Y vuelve a suceder, esto tan desagradable, esto que tanto la asusta, como si de alguna manera la presencia de él la afectase. De pronto siente un calor atroz, salvaje. Y todo lo demás se torna minúsculo, diminuto; patria, uniforme y enemigo. Sólo queda una oreja de animal y una mano de hombre con pulsera, y una cálida masa de tejidos y músculos a su lado. Una aterradora oleada de sangre recorre su cuerpo delgado, su cuerpo inconcluso. El enemigo. Es el enemigo. Dice en su fuero interno, y no siente más que una profunda y cruda y secreta parálisis. Náuseas, la asaltan las náuseas. Juguetea con los pasadores que sujetan sus trenzas, los abre y los cierra. En la parada de Minde se bajan Inger y Lise, adiós, chicas. El chaleco verde también se baja.

Helene, sentada a su lado, la agarra del hombro, maternalmente. Susurra en tono confidencial: Yo sé bien lo que te ocurre. Desde el principio. Tiene un olor propio...

Ay, Señor, que estás en los cielos. Qué desgracia, qué catástrofe. Si pudiera desaparecer...

Pero Helene parlotea. No pasa nada, no tienes nada de lo que avergonzarte. Lo sé todo sobre eso. Y mi madre dice que estas espinillas de la frente son porque me va a venir en breve. Y soy la única que lo sabe. Las demás no han notado nada porque son unas ignorantes.

Gracias a Dios. Sin embargo, los hombres sabrán bastante de esas cosas, ¿no? Por lo menos los que están casados. Ay, imagínate que... Ahora él se levanta. Lentamente, la alcanza un agradable olor a loción de afeitado, a tabaco, no, a algo indeterminado... Entrecierra los ojos y tiembla. Se sienta en el lugar del verde, frente a ella. La mira. Contempla con calidez distante el rostro de una niña de ojos marrones y asustados, los labios húmedos, entre los cuales sobresalen tímidamente los dientes, como suplicantes. Se agarra las trenzas, como recogiéndolas para esconderlas de su mirada. Y Helene parlotea.

Es una tontería levantarse sólo porque uno de ellos esté aquí sentado. Si fueran aire para nosotras, no deberíamos tener miedo a sentarnos, porque ¿qué importa que nos sentemos junto al aire? Y le da un codazo a Margrethe para que se ría, y Margrethe, obediente, se ríe, aunque no la estaba escuchando.

Entonces le toca bajarse a Helene, bueno, ¿te las apañarás para llegar a casa tú sola? Pues sí, gracias, claro que se las apañará.

Se ha quedado a solas con él, con ese ser espantoso. A solas en el tranvía a pesar de que haya gente, a solas en el universo. Es terrible, la paraliza, le gustaría haberse movido, ahora hay sitio. Sin embargo, no logra moverse ni un ápice, no se atreve. Ni siquiera se atreve a enderezarse el sombrero, al parecer lo lleva bastante torcido. Contempla la mano del hombre como hipnotizada. Ésta sostiene la funda bordada en hilos dorados del sable, reposa en ella con mimo, con desenvoltura, desnuda. Y aquella mano desnuda, uf, no, es como si la acariciase a ella, su propia piel. El enemigo, el enemigo…

Hmmm, qué dolor, siente punzadas en los pezones, como si estuvieran a punto de estallar. No es capaz de alzar la mano y presionarse el pecho para aliviar el dolor, no, no puede mover el brazo.

La estación de Hop. Es la suya. Se echa las trenzas hacia atrás, a la espalda, y agarra su cartera, lanzando una mirada furtiva hacia allá. No, es imposible ver dónde tiene él puestos los ojos. Se apresura a bajar, algo incómoda, como el ser todavía sin formar por completo que es.

Pues a casa. A casa con madre y padre, está al borde del llanto. Y nadie puede saber jamás esto tan tremendo y horrible que le ha sucedido, jamás, jamás.

Los pasos la alcanzan. No se gira, pero lo sabe, lo sabe, ay, Dios, ay, Dios, ojalá llegue pronto a casa. Madre.

—*Hallo. Hallo. Fräulein?*

Madre. Madre. Debo darme prisa, prisa, prisa...

—No temer, señorita, *hallo!*

No vuelvas la cabeza, no, sigue caminando sin más.

—*Kleines Mädchen!*

¿Cómo que *Kleines Mädchen*? No, algún límite tiene que haber. ¡Algún límite tiene que haber! Se detiene, se gira. Asombrada y expectante, ella es una señora y, para colmo, sabe alemán.

—*Sie wünschen?* Así lo dice, con voz gélida, las cejas alzadas.

—*Verzeihung, gnädiges Fräulein. Haben Sie nicht etwas verloren?*

Un pasador de pelo. Él le entrega el pasador de una de las trenzas y hace el saludo militar. En el transcurso de un segundo ella debe decidir si se trata de un acto amable o intrusivo o insolente y descarado, y si ha de darle un sopapo o girarse sin decir una sola palabra o darle las gracias. Una avalancha se desata en su cerebro, se marea, y, sin tener ni un pensamiento claro, escucha su propia voz, jadeante y como saliendo del fondo del paladar:

—*Da-dankeschön.*

Echa a correr. Dolorida, corre. Torpe como una cabritilla. Con una de las trenza medio suelta, el pelo agitándose como un velo de seda por la espalda.

El *Kapitänleutnant* la sigue a paso tranquilo. La ve desaparecer tras una discreta cancela de jardín. Se detiene un instante, mira a su alrededor, reconociendo el terreno. Acto seguido, se da la vuelta para coger el próximo tranvía hasta su parada.

MUJERCITAS II

Un caballero de mediana edad deambula por el andén. Se ha quitado el sombrero y deja que la lluvia le refresque la frente. La oscuridad es tan compacta, tan densa, que resulta tangible. La estación de final de trayecto del tren de cercanías parece flotar en ella, en esa negrura ajena a cualquier realidad. Las sombras se deslizan frente a él, parejas entrelazadas con fuerza. En la sala de espera también hay parejas, charlan en esta lengua desconocida que a uno le irrita los ojos y oídos, le desuella el alma. Por eso no se queda tranquilo en esa cálida sala, sino que sale a esa oscuridad fuera del espacio y deja que la lluvia le refresque la frente. Una luz mortecina fluye en arroyos por el asfalto, nace y se desvanece como pensamientos fugaces, como si nunca hubiera existido. Las sombras se deslizan y se disipan, tampoco han existido jamás, no son más que espectros. La oscuridad es lo único que vive, la oscuridad es la ceguera perfecta. Y amortigua cualquier sonido de la misma forma que mata la vista y mata los barracones militares camuflados junto a la iglesia, las sombras no albergan pasos, y las voces no son más que suspiros ocultos tras los susurros cautelosos de la lluvia en la noche que se ciñe alrededor.

El hombre del andén respira hondo, se llena el pecho. El aroma de la lluvia, este fino aroma de lluvia de una primavera recién nacida en el litoral occidental... Al menos esto no lo han arruinado. Que ciernan su oscuridad sobre todo lo demás. Ojalá no amanezca de nuevo hasta... hasta...

Entonces el tren asoma en el andén, casi sin sonido. La irrealidad de la luz azulada. Las figuras se evaporan entre las luces azules y jamás han existido. Uno aguarda. Prefiere aguardar para ver en qué vagón cabe encontrar algo de paz. Algunos espectros se detienen en los peldaños de los vagones, cogidos de las manos, aliento contra aliento. Despedida. Una risa femenina se desprende de la negrura, ronca y mimosa.

El hombre se da la vuelta y recorre todos los vagones hasta alcanzar el primero, que se encuentra fuera del andén, en la vía desnuda, ha de alzarse hasta el elevado peldaño. Como pensaba, está vacío. Tan vacío como sólo puede estarlo un vagón de tren abandonado cuando no se ha ventilado tras el último trayecto; con cerillas, trozos de papel y polvo, así como ceniceros rebosantes que huelen a rancio por doquier. Se busca un rincón y enciende los restos de tabaco de la pipa, en señal de autodefensa. El tren da un respingo, como si tomara impulso. Y de pronto, en el último instante, el vagón se llena de voces jóvenes y aliento juvenil, risas y alboroto. El polvo, la suciedad y el mal olor de repente no existen, jamás han existido.

Deben de tener unos doce o trece años. Una frescura lluviosa las envuelve. Una de ellas se tambalea en su asiento cuando el tren se pone en marcha. No lleva guantes, sus manos son delgadas y rojizas. Una leve ternura se extiende por el rostro del hombre, es posible que él mismo tenga hijos de esa edad. Dios mío, qué muchacha tan menuda y espigada. Con una cara infantil enjuta y una piel cenicienta, una niña humilde. Sin embargo, sus ojos azul grisáceos se clavan casi con arrogancia en él.

Qué monada, murmura ella con una seriedad astuta, antes de darle la espalda: una chaqueta fina y desteñida, debajo de la cual asoma un vestido barato de seda artificial. Está arreglada, vendrán de una fiesta de cumpleaños, ella y las otras tres. Llevan consigo un gramófono, tararean y se ríen, esas cuatro niñas colman el vagón. Se desperdigan a conciencia, juguetonas y exaltadas, y cada una quiere ocupar su espacio. Una saca el gramófono. Hablan sin parar, sus voces estridentes y algo roncas, voces de adolescentes, llaman la atención.

Chicas, ha estado genial.

No ha estado mal, no. La flaca lo suelta de manera muy seca, desafiante, con un timbre algo peculiar. Tienen que gritar para oírse por encima del traqueteo del tren y de la música del gramófono, en el que suena Zarah Leander.

Ich steh' im Regen
Und warte
Auf dich[8].

[8] «Me quedo bajo la lluvia, a esperarte» en alemán. Es el estribillo de una de las canciones más conocidas interpretadas por Zarah Leander. La actriz y cantante sueca, controvertida, regresó a su país en 1942, pero durante un tiempo hizo carrera en Alemania, donde se convirtió en musa del cine nazi.

Las luces azules del compartimento confieren un aire cadavérico a los rostros de las niñas, extenuadas a estas horas de la noche.

¿Qué crees que dirá tu viejo cuando llegues a casa?

Amada, ven a mis brr-azos
esto es un horno, ya lo verás[9].

Carcajadas. Se retuercen en los asientos, Dios, me muero de la risa. Y el tuyo, ¿qué dirá?

Oh, pues seguramente no abrirá el pico.

Es la flaca la que habla. Menuda boca tiene... El hombre se ha enderezado un poco en el asiento para verla mejor. Hay algo en ella que le conmueve; su extrema delgadez, sus pies patizambos o los zapatos de chico, no es fácil saberlo. Quizá él mismo también tenga hijas pequeñas. Hay algo firme en sus ojos, una parsimonia que le hace parecer adulta, una gravedad intrigante. No es especialmente guapa, su nariz es demasiado afilada, parece desnutrida. En la otra fila de asientos, la morena que se ocupa del gramófono pone la misma canción en bucle:

Ich steh' im Regen,
Und warte
Auf dich.

[9] Canción danesa de finales de los años veinte del siglo XX.

Una melodía lenta, melancólica, embriagadora. Se ha colocado las manos detrás de la nuca e, indolente, marca el ritmo con su torso flexible, tararea con los ojos entrecerrados y cejas elocuentes mientras su boca grande y maravillosa esboza una increíble sonrisa, ay, Dios, ¿tendrá alguna idea de lo sugerente que resulta? La niña, la mujercita. Sí, mujercitas. Dónde habrá leído esa palabra... También es hermosa, con una belleza cruda que, con los años, podría convertirse en algo.

Mangué dos rebanadas de salchichón y me las metí en el bolsillo, mirad.

Gran júbilo. La del gramófono no se deja perturbar en su trance, su sonrisita socarrona se transforma en una mueca, cada músculo de su cuerpo se mece imperceptiblemente al son de la música, provocando en el hombre del rincón un incipiente deseo de golpearla.

Yo me zampé tres trozos de tarta de nata.

¡Anda, vete a freír espárragos! ¡Debería darte vergüenza!

No quiero decir lo que he choriceado yo. Se lo tienen merecido. Ni siquiera se darán cuenta. Si les sobra...

La rabia ensombrece el rostro del hombre.

Revolotean de un lado a otro dentro del vagón, cambian de sitio y se dejan caer en los asientos libres, no paran quietas un instante, pierden el equilibrio con el movimiento del tren y se les atragantan las carcajadas. A la flaca, que, según parece, se llama Hedvig, se le ha torcido el sombrero hacia una mejilla, y lleva lo cómico de la situación con dignidad. Va de una amiga a otra haciéndose la graciosa.

¿Tienes un pitillo? Porque lo necesito, ¿sabes?

Qué va, no tengo ni una colilla.

Bueno, bueno, están fanfarroneando.

Dios, ja, ja, ja, estás borracha.

Justo. Pero lo llevo bien, ¿no? Quiero llevarme algo de esta cogorza a casa con mi padre, así que la tengo que conservar. Jobar, ¿ni una triste colilla?

Las cejas del hombre se juntan más. ¿Se lo está imaginando o de verdad hay un cierto tufillo a alcohol? Es una mala costumbre, sí, es una mala costumbre servir sidra en un cumpleaños infantil.

No tengo tabaco, cabeza de chorlito, pero Gudrun sí. Mangó un montón de cigarrillos.

Un ataque colectivo y ensordecedor contra Gudrun. Risas, gemidos, chillidos de socorro. Y los gruñidos ávidos de Hedvig. Se apoderan de los cigarrillos. Hedvig, todavía con el sombrero caído hacia el ojo y la mejilla, coge uno y lo enciende. Da un capirotazo experto a la cerilla e inhala plácidamente. El hombre, boquiabierto, sigue en su rincón, como atontado.

La conversación va subiendo de tono, hablan y gritan a la vez, de manera que sólo capta palabras sueltas, sobre todo el inevitable pronombre masculino en tercera persona. Él las escucha, paralizado.

No estoy para nada colada de él, él sí que está coladito por mí.

Te sentaste en su regazo, aunque fuera conmigo con quien estaba hablando.

Vaya, tú has choriceado pasta, se nota en tu bolso.

Pues no, ¡déjame en paz, estúpida!

Caray, ha mangado bebida.

Alguien alza triunfalmente una botellita de sales de fruta. Hedvig tira resoluta su sombrero y se lleva la botella a la boca.

Yo también quiero, todas queremos, ¡no te la acabes!

Hedvig aparta los labios de la botellita con un sonido de succión; después de su gesto, las risas que suenan con un timbre nuevo, un tonillo vulgar. La atmósfera que se extiende tras el entreacto resulta inconfundible. En un rincón, un caballero de mediana edad, solitario, inclinado hacia delante, escuchando. Las cejas se le han ido frunciendo cada vez más, ensombreciendo sus ojos, su piel es gris y su gesto adusto. Otros pasajeros han ido subiéndose en las diferentes estaciones, conversan, charlan con los demás unos instantes, y luego callan. Guardan silencio, escuchan. No son más que atentas calaveras bajo la luz azulada.

¡Porras! Qué noche tan divertida, ¿no, chicas?

Jo, sí, lo que me he podido reír… Lo que me pude reír del gracioso ese, el de los pantalones bombachos…

Ppphhfffrrr, ja, ja, ja. Santo cielo, qué divertido era.

Pues sí, mucho mejor que quedarse en casa leyendo la Biblia, narices.

Ohh, jo, jo. Me muero. Bah, tú estás borracha. Bueno, ya no. Pero, en ese momento, sin duda. Por lo visto se creía que me iba a ir con él a la cama, el teniente ese, ja, ja, ¡hala! ¿El Fritz ese? No, el que tenía Gudrun. Fritz no es más que un *gefreiter*, un soldadito de a pie. ¡Y qué! Está bueno igual.

Os tengo dicho que no os riáis de los pantalones bombachos. Hedvig apagó el cigarrillo contra la suela del zapato y se metió la colilla en el bolsillo, seria. Porque es muy bueno. ¿Sabes qué me regaló el otro día? Dos panecillos y un trozo de salchichón. ¡Mentira! Es verdad. Salchichón de oveja auténtico. Mi madre se alegró tanto que no dijo ni mu.

¡Diooos!

Se miran entre ellas, circunspectas.

El rostro del hombre del rincón se ha hecho más pequeño, ha envejecido de repente.

Sí, y me ha prometido que enviará a casa un cuarto de kilo de mantequilla.

¿Y tú sabes lo que me dio a mí el mío? Una lata de ración de emergencia y una bolsa de alubias. Sí. Y nos iba a conseguir avena.

Se hace el silencio, un silencio que estremece el vagón. La muchacha del gramófono gira lentamente la manivela, una vuelta ahora y otra después, con desánimo, clava la vista al frente con expresión miserable, al borde del llanto. Lo suelta como un doloroso agravio:

Y yo sólo recibí quince coronas.

El hombre del rincón se ha tapado los ojos con la mano, por lo visto está durmiendo. El silencio es como la taciturna risa sardónica de un espectro inaudible que, sin embargo, traspasa el traqueteo de las ruedas.

Hedvig lo rompe con brutalidad, su voz cargada de furia es imparable, mañana voy a un funeral, tengo que estar sobria. Mierda. Juguetona, se coloca el sombrero ladeado por encima de un ojo. Voy a enviar a mi abuela al cielo, aleluya. Ja, ja, ja, eso no tiene nada de malo, ¿no? Los funerales son lo peor. Es una mierda estar ahí como una boba cantando salmos. ¿No puede irse al cielo sin obligarnos a hacer el ridículo a los demás? Yo siempre me meo de la risa en los funerales. Ja, ja, ja, gracias y amén, a ella le importa un comino. Bésame, es Martes de Carnaval, ahí no, un poco más abajo. Pues, vaya, ¿no hay ninguna blasfemia en eso? Anda y que les den, ja, ja. Son ellos los que blasfeman, ¿no? Si hablas con un tipo por la calle, piensan que vas a acostarte con él en la primera cuneta, joder. Mientras esas que son tan finolis pueden invitar a los chicos a su casa. No seré yo quien les agradezca que no anden con los alemanes. Tú también podrías hablar más bajito, vaya. Yo digo lo que me da la gana, que lo sepan, los alemanes son majos. ¿O es que no nos divertimos? ¿Acaso prefieres quedarte en casa escuchando a tus padres discutir por la paga semanal? ¿Eh? No, yo no me callo, suéltame, cobardica. Y esas bobas finolis no se divierten como nosotras en los barracones, de ninguna manera. Puaj, bailes. Beber refrescos y bailar el tango, ja, JA.

Dios, la Hedvig no está bien de la chota...

Ich steh' im Regen

Und warte...

Ay, ¡deja ya de dar la lata con esa canción! Pon algo que esté bien. Pon...

Más cerrrca, oh Dios, de ti,

más cerrrca de tiii...

Empieza a cantar a pleno pulmón, convirtiendo el salmo en un baile frenético, las demás se ríen y la chistan. Nos van a echar.

Und warte
Auf dich
Más cerrrca, oh Dios, de ti…

La velocidad disminuye, el tren se detiene, han llegado a su destino. Unos pocos pasajeros, pálidos como cadáveres, se miran impotentes, se levantan en silencio y salen de allí, no son más que fantasmas retorcidos bajo la luz azulada. El hombre del rincón sigue durmiendo. Ah, no, alza la cabeza en el momento en que las muchachas pasan junto a él, canturreando y riendo, y, cuando se retira la mano de la cara, sus ojos no son más que un insomne pozo de tormento. Hedvig le dirige una sonrisa rápida, la sonrisa arrogante de una niña dejada de la mano de Dios que enseña con desdén su mala dentadura. No nos muerdas, viejito, podrías romperte los dientes.

El calzado infantil resuena irregularmente contra los adoquines, las débiles y algo crudas voces de niñas que se interrumpen a gritos, si mi madre dice algo, le diré a esa santa señora que se calle y me bese…

Más cerrrca, oh Dios, de ti, más ceer-ca…

El salmo y las voces se pierden en la oscuridad mientras caminan calle arriba.

El hombre, exhausto, se deja caer en un banco junto al lago Lungeren. Las sienes le martillean, un ritmo vacilante, oscuro e impetuoso, una melodía elegiaca y profundamente lastimera que se aferra a su cerebro en una idiota monotonía.

Ich steh' im Regen...

Se quita el sombrero y deja que la lluvia le empape el rostro y el cabello. No obstante, ese amable susurro en la oscuridad que lo rodea no le trae ningún alivio. El aroma de la lluvia, la incipiente fragancia de una primavera aún durmiente es un tormento que penetra en su alma. Un ritmo absorbente, capcioso, le azota la sangre, acompañado de la desesperanza de las gotas que resuenan en el asfalto...

Ich steh' im Regen
Und warte...

EL HOMBRE

Los pasos que hacen crujir la escalera son pesados, lentos. La barandilla se rinde con un chasquido exhausto. Se apoya. El Hombre se apoya con firmeza en la barandilla a cada escalón, y se detiene en los rellanos. No está fatigado. Simplemente no tiene ninguna prisa. Abajo se oye, de repente, el agudo llanto de un niño y la voz enfadada de una mujer. En el piso de arriba alguien toca la guitarra, un acorde monótono que no cuadra con la melodía que se canta. En otro piso se escucha el tintinear de platos, agua vertiéndose en una olla, el rumor de una conversación, un chapoteo calmado. Pero todos estos ecos que habitan el edificio, las escaleras, todo ello es periférico, remoto. El sonido de los pasos del Hombre, cargado con el peso de la desesperanza, resuena solo en el espacio.

Al llegar a su puerta se detiene y escucha. Hay silencio al otro lado. Las niñas no lloran. No deben de estar solas. Sin embargo, es un silencio marchito, que delata que el piso ha sido abandonado. Hasta que no se decide a abrir no oye el único sonido que inunda el apartamento: un hipo seco y constante. Sordo, penetrante, desgarra a intervalos la tranquilidad reinante. Él atraviesa la cocina sin mirar a su alrededor, huele a encierro y abandono. Cruza el salón y entra al dormitorio. Hace frío.

Está en calma. Excepto por el hipo. Seco como el mecanismo de un reloj, procede de la cunita. Apenas echa un vistazo a la bebé, acostada con la mirada perdida e inexpresiva, sus manitas entumecidas hurgan en la manta. Se inclina luego hacia la niña dormida en la cama de matrimonio, bien arropada, tiene el flequillo húmedo de sudor, y la mitad de la mejilla que resulta visible, encarnada. Acaricia un mechón de su pelo con el dedo índice, se lo aparta de la cara y vuelve a acariciarla. Luego se endereza y observa la cama con un gesto de desprecio: está deshecha, encima de las sábanas hay algunas prendas de lencería sucias. Un par de medias de seda cuelgan del cabecero, flácidas y desgastadas, como humilladas. Huele a mujer, un olor rancio a sexo. Y a polvo y a cuna mojada.

Cuando abandona el dormitorio y entra en el salón, el hipo de la cuna lo acompaña. Cuando va a la cocina y cierra bien la puerta, el hipo lo acompaña. Desde aquí se oye más débilmente. Aunque constante e inevitable.

Desata con lentitud los cordones y se deshace de las pesadas botas de trabajo. Y se queda ahí un instante, escuchando.

Su rostro es el de un hombre joven, un hombre joven avejentado, su pelo es gris y su piel también, y su boca estrecha también lo es, así como su actitud. Está sucio y sin afeitar. Sus ojos son un abismo compacto sin color, sin fondo.

En la encimera están los platos sucios, apilados de cualquier manera en un rincón. Y al lado una taza de café. En el platillo hay ceniza de cigarrillo y tres colillas. Se acerca para examinarlas, pero no las toca. Entrecierra los ojos. Se encoge de hombros, como si le agitara una risa muda. Sin embargo, en su rostro no se atisba sonrisa alguna, ni de despecho ni de dolor. Es como si le hubieran cincelado una expresión cenicienta para toda la eternidad.

Saca comida. Come algo y deja el resto encima de la mesa.

Se queda sentado un instante con los brazos apoyados en las rodillas. Flexiona los dedos de los pies dentro de los calcetines, un poco húmedos. Su ropa desprende un acre olor a sudor y a óxido y a lana, la fragancia de un obrero.

Los rumores del edificio se cuelan en el apartamento: un portazo sordo, una mujer canturreando en una cocina, pasos cansados en el piso de arriba. Aun así, aquí reina el silencio; dentro y fuera del Hombre, el silencio alcanza su propio abismo solitario, sólo interrumpido por el hipo de la bebé.

La pequeña llora, el hipo interrumpe sus gritos, y se detiene un instante como si se preguntara de dónde vienen esas sacudidas. El Hombre va de la cocina al salón, del salón a la cocina. Los hipidos se han tornado más profundos, cavernosos, les sigue una leve regurgitación. Lo siente en toda su piel.

Entonces busca ropa seca y sopa. Sin apresurarse, prende algunas astillas en la estufa para calentarla.

La cría está empapada y fría. La cambia con gestos seguros, rudos, sin atisbo de ternura. Le da de comer con una cuchara y le va secando la barbilla con una toalla. Después se queda un rato mirándola. De pronto, en su inexpresivo rostro, despunta una expresión atenta, casi vivaz, como si buscara algo en esa cara inconclusa de niña. Algo que no encuentra. Los surcos junto a las comisuras de los labios se vuelven más profundos, la desesperanza que esconden sus ojos se acentúa.

Entonces se despierta la otra niña, la que está en la cama de matrimonio. Se sienta y bosteza. Se ha acostado vestida, con los leotardos y un vestido arrugado de tartán.

¡Papá!, le saluda, contenta.

Algo ocurre cuando la coge en brazos, una especie de candor se extiende por la frente y los ojos del Hombre. El cuerpo de la niña rezuma una tibieza somnolienta, un agradable aroma a cuerpecito cálido.

La lleva en brazos hasta la cocina, donde la temperatura todavía es agradable. Alimenta de nuevo la estufa con más leña, prepara algo de comer. Pan con mantequilla y azúcar.

La niña está jugando con algo que ha encontrado en la leñera. Una cajita roja. En cuanto él la descubre, se le escapa un gruñido. Le arranca la cajetilla de cigarrillos vacía de las manos, con violencia, y la pequeña se echa a llorar. Él la ignora. Se queda un momento delante de la estufa, suspirando, las llamas ya han convertido la cajetilla en ardientes pavesas. Respira casi audiblemente, mientras sus sienes palpitan imperceptiblemente.

El llanto rabioso se atenúa, la niña solloza con pena, indignada, cuando la estrecha contra su pecho. Él cierra los ojos y la abraza con delicadeza, meciéndola despacio, hasta que se calma.

La sienta y le busca algún juguete, unas viejas cajas de zapatos con trapos y muñecas de papel. De la boca del Hombre no sale ni una palabra. Ella, en cambio, parlotea, explica, pero se expresa mal a pesar de tener casi dos años. De vez en cuando él asiente para dar a entender que participa, aunque sus ojos perdidos lo delatan.

Llega la tarde, y después la noche. El bullicio del exterior se ha serenado, un coche solitario recorre la calle y desaparece. Los paneles opacos de las ventanas espían con malicia las taciturnas habitaciones. El despertador repica en la cómoda. Ha cambiado a la niña, que ahora duerme en el sofá donde él suele tumbarse, no ha vuelto a acostarla en el dormitorio.

Pasa del salón a la cocina, donde se queda un rato junto a la estufa, que aún desprende calor. Se levanta y va de la cocina al salón y del salón al dormitorio sin encender la luz, pues no hay cortinas opacas. La nariz de la pequeña que duerme en la cuna moquea. Se queda quieto, oye su propio pulso. Y, a continuación, unos pasos en la calle, los golpes secos de unas botas con tacones de hierro, que se alejan.

Prende una cerilla e ilumina a la niña. La examina. A la luz temblorosa, su prominente labio parece casi deforme. Unas profundas bolsas rodean sus ojos, la nariz es chata y burda. La cerilla se ha consumido, la oscuridad retorna.

El frío cerrado y el amargo olor del cuarto se ciernen sobre la densa negrura.

Camina hacia la ventana, y se detiene frente a ella, inmóvil, como si él mismo se hubiera incorporado a la oscuridad. Pasos que se acercan y se alejan de nuevo. Pasos ligeros, pasos pesados. Voces de mujer, alguna que otra risa. Pasos acompasados, pasos desacompasados. Voces masculinas, un atisbo de risa femenina. Luego la oscuridad, el tiempo se detiene y contiene la respiración. Un coche pasa a toda velocidad y desaparece. A continuación el silencio, el leve rumor del piso de arriba se siente más de lo que se oye. Un matrimonio, rutinario y despojado de toda belleza, hace el amor. Los latidos de la noche traspasan los muros.

El Hombre se separa de la ventana, cruza el salón, se dirige a la cocina. Se sienta y se inclina hacia delante. Tiene los ojos abiertos, apáticos, inmóviles en su vigilia nocturna.

De pronto se enciende en ellos un destello vigilante sin que ningún músculo se contraiga en su rostro gris. Aguza el oído. Alguien abre el portal, se oyen pasos en las escaleras, pasos cautelosos que avanzan en sordina. Se acercan, pasan de largo. Algún peldaño cruje, y el silencio. El Hombre, con los dedos de una mano apoyados contra los de la otra, moviendo ligeramente los pulgares, no se ha movido del sitio. Su mirada, clavada en el mismo punto de la nada, se apaga de nuevo.

Y la noche avanza en su silenciosa eternidad, los coches de caballos resuenan, el golpeteo de sus cascos retumba en la calle. El canto de un motor al arrancar en el patio. Amanece a través de las fisuras de los paneles opacos. El Hombre continúa sentado en la misma postura; su mirada, un rescoldo inmóvil.

Entonces llega ella. Dando tumbos por las escaleras, riéndose y maldiciendo. Se apoya en la puerta, luchando por mantener el equilibrio. Frente a ella está el Hombre, que se crece. Una pesada sombra, una montaña. Su cabello cano, su rostro gris. Sus ojos, no obstante, blancos de odio.

Ella lleva la cabeza descubierta. La rubia melena alborotada. Desprende un vago olor a aguardiente y a sexo. Se pega a la pared, echándose hacia un lado para protegerse: él alza el brazo. Suelta un sonido ronco, un gruñido ahogado. Pero vuelve a bajarlo, no le pone la mano encima. Ella se deja caer y se desploma en el suelo. No le pega, ni se acerca a su miseria aterrorizada. Se queda de pie, alza los hombros...

Y escupe. Lo ha meditado, casi lo ha disfrutado. Ha carraspeado, se ha tomado su tiempo, ha reunido saliva... La ha alcanzado en la sien.

Después entra y cierra la puerta tras de sí. Se sienta junto al sofá y se concentra en la niña, vigilándola.

Ella, la mujer, se incorpora, preocupada. Y algo aliviada, contenta por el golpe que no ha recibido. Se seca la cara, se ríe un poco y llora otro poco. Se quita el abrigo y pretende colgarlo, palpa torpemente la pared. Como no hay dónde colgarlo, lo tira al suelo. Se alisa la falda arrugada con una mano insegura... Tiene el cuello de la blusa desgarrado, lo sujeta con la mano para que no se le abra.

Y entra. Con la vista al frente, deja de tambalearse, camina como una volatinera por una cuerda. Intenta cerrar la puerta con esmero, pero acaba dando un portazo. Se hace un silencio atroz. Quiere acercarse al sofá y a la niña, pero una mirada del Hombre la detiene, la paraliza. Suelta una carcajada grave, insegura. Tiene la boca hinchada, los ojos pálidos y brillantes. La piel de la barbilla irritada. El Hombre, que está sentado junto al sofá, sigue igual de inmóvil, igual de taciturno, igual de gris. Sus cejas tiemblan levemente, una contracción nace en el surco de su entrecejo, como si percibiera un mal olor. La mujer se apoya en la mesa con una mano, titubea…

Sí, estás… enfadado. Enfadado. Venga, escúpeme otra vez, ¿quieres? Porque no tienes ni idea, no, no tienes ni idea.

No tienes ni idea de lo que te quiero.

Y a las niñas también.

Llora.

Porque así es.

Las niñas, ¿sabes?…, son mi vi-vida. Hace un gesto de resignación con los brazos que casi le hace perder el equilibrio.

Pero… Pero… Ja, ja.

Was kann man dafür… ja, ja. *Wenn man sich verbießt*…

A la velocidad del rayo, la agarra, en un abrir y cerrar de ojos ella se encuentra tirada en la cama, lánguida como un saco. Todos los músculos del hombre vibran cuando vuelve a sentarse, aunque no se le oye respirar. Sólo el tictac incesante del despertador…

Ella está vomitando. Él no se mueve. Suena el despertador, desgarra la noche con su iracunda señal. Él lo deja sonar, no se mueve. Se escuchan pasos en la acera, botas y timbres de bicicleta. La bombilla ilumina con desidia la mañana que atraviesa a la fuerza los paneles opacos. Está amaneciendo.

La bebé, que está en el cuarto con su madre, empieza a berrear. No se mueve. La mujer, que está inmersa en un sueño tan profundo como la muerte y completamente vestida, deja que la cría llore.

La niña del sofá se despierta y está a punto de echarse a llorar ella también, pero su padre la lleva a la cocina, le busca comida y la sienta en el orinal. Hace lo que debe hacerse, despacio, muerto de sueño.

Trajín de bicicletas, coches de caballos, automóviles, trabajo. Día. Se ha formado una inmensa cola en la pescadería del otro lado de la calle, se prolonga hasta doblar la esquina. Una desfallecida muchedumbre de gente gris, sus rostros se funden en un único rostro, un rostro consumido y ajado. Es de día.

Y el día atraviesa, exhausto, esta febril eternidad. El Hombre continúa impasible, la niña balbucea en la cocina, está de rodillas en el suelo y lo limpia con una servilleta de papel que humedece con saliva. La bebé ha llorado y ha callado, llorado y callado. Su madre la está cambiando y hablándole, se ha levantado. Es pasado el mediodía.

Ella se esconde tras la puerta, se le demuda el rostro. Tras una breve pausa, conteniendo la respiración, pregunta:

¿No has ido a trabajar?

Él no responde, no dice nada. No desvía la mirada, alrededor de la boca se le dibuja una mueca imperceptible que le queda ahí esculpida.

La mujer se pone con las tareas. Se mueve con rapidez y en silencio por la casa, limpia el polvo, friega, recoge. Las estancias quedan ordenadas, nada más, no hay rastro de calor hogareño. El Hombre, esa figura taciturna e inmóvil con la cabeza clavada al frente, sin girarla, la sigue con la mirada. Ella, retraída, intenta pasar desapercibida, ser una sombra. Tiene miedo. Está triste y aterrorizada.

¿No quieres comer?

Sus ojos están enrojecidos y húmedos, aunque él no la haya oído llorar. Un olor aceitoso a arenque flota en la cocina. Él no responde, no se mueve. Ella cierra la puerta otra vez.

Pero cuando sale a por leche, o lo que sea, él va a la cocina y come, se mete pan en la boca y se lo traga sin masticar. Sólo pan con mantequilla, nada de lo que ella le ha preparado.

Cuando regresa, él sigue inmutable donde lo había dejado. Ella friega los platos, algo inquieta. Lo mira de reojo, mira la hora. Busca algo que hacer en el dormitorio, cierra la puerta y ordena su ropa en silencio. Se oye correr el agua, se está arreglando. Cuando regresa huele a polvos de maquillaje y está bien peinada. La niña corre de un lado a otro, sus zapatos golpean el suelo. La madre se mete a hurtadillas en la cocina, donde bebe café, el humo del tabaco se cuela en el salón.

El hombre arquea la espalda como un animal a punto de abalanzarse sobre su presa. Se queda así mucho tiempo, varios minutos, antes de ponerse en pie.

Ella, la mujer, palidece cuando él aparece en la puerta. Sobresaltada, deja caer el cigarrillo. No alza la mano para protegerse. La mano de él va directa a su cabeza, agarra con fuerza un mechón de pelo y tira. Prácticamente la levanta y la arrastra hasta el dormitorio. La niña llora. La madre gime, entrecierra los ojos, rojos por el dolor; su boca se abre en un rictus indecoroso. Tumbada y jadeante, intenta provocarse un llanto que no acude. El hombre se frota las manos como si hubiera tocado algo sucio, mientras la contempla con una calma ardiente. Una risa zozobra en su garganta, no consigue salir, así que emite gruñidos, resuella... Su rostro está muerto.

La niña se ha agarrado a su pierna, desconsolada. Él la lleva en brazos al salón, cierra la puerta con cuidado. No se tranquiliza hasta que le permite jugar con el despertador. Entonces él se quita la ropa de trabajo y se lava. Se lava las manos con parsimonia, se afeita y se viste. El llanto histérico de la mujer sacude las paredes, aúlla como un perro enfermo. De repente, se hace el silencio. El hombre se detiene, a la escucha, ha colocado un pie en la leñera y tiene el cepillo para calzado en la mano. Todo está en silencio. Termina de lustrarse el zapato y entra. Ella se está peinando de nuevo mientras habla consigo misma con la voz aguda y lastimera de una niña pequeña. El Hombre abre la boca, le dice algo.

Tú te quedas en casa. Hoy me toca a mí. No volveré esta noche.

Su voz suena ronca, quebrada, que es lo que sucede cuando se utiliza poco.

Y sale.

Regresa alrededor de las tres. Sobrio. Aunque el gesto de su cara pálida sigue siendo duro, en sus ojos ha aparecido una mirada humana. Trae una mochila repleta y la guarda en la leñera del sótano, que cierra con llave antes de subir. Está vestido con ropa deportiva, ha sustituido los zapatos por unas buenas botas de esquí con suelas nuevas. No sube las escaleras en silencio, sus pasos llevan un ritmo determinado. Cuando abre, desde la cocina le llega una escalofriante sensación de vacío: ella ha salido, a pesar de todo. Ahora oye los balbuceos lastimeros de la pequeña en el dormitorio; al oírle, ha empezado a llorar de impaciencia.

El hedor que inunda la habitación lo paraliza, se demora como a la espera de un golpe. La luz y todo lo que alberga le sobrevienen como una ola.

La bebé está de pie en la cuna, apoyada contra el cabecero. Se tambalea sobre las piernecitas torcidas mientras se lleva algo a la boca con una mano. Algo con lo que se ha embadurnado entera, además del edredón, la cuna y la pared de al lado... Se está comiendo sus propios excrementos.

En la cama de matrimonio, la niña mayor duerme boca abajo, con los brazos y las piernas estirados. Vestida. A su lado, yace vacío el estuche de polvos compactos de su madre, y hay polvos esparcidos por el suelo y la ropa de cama. El olor le confiere al hedor del dormitorio un matiz tóxico, apestoso. El Hombre alza los brazos y los deja caer de nuevo.

En mangas de camisa, respirando entre dientes, se pone manos a la obra. Cuando ha aseado a la bebé, le hace la cama en el sofá con sus propias sábanas y coloca unas sillas delante. Le da un currusco de pan para que lo muerda mientras él viste a su hermana mayor. Le busca ropa de abrigo y un gorrito; ella, somnolienta e irritada, llora. Sin prestar más atención a la pequeña, envuelve a la mayor en una manta de lana y la baja al cochecito, donde cae rendida de inmediato. Recoge la mochila y se dispone a echársela al hombro. En ese momento, no obstante, recuerda algo, debe subir, deja la mochila. Debe subir y hacerse cargo de algo.

Ha terminado. Ha quemado varias cosillas en la estufa.

Una vez en la puerta, se gira... la bebé se ha levantado. Se tambalea sobre sus tiernas piernecitas y ríe, orgullosa de su hazaña. Ha vuelto a quitarse el pañal a patadas. Él la mira con hostilidad por encima del hombro. Unas profundas ojeras rodean sus ojos, pequeños y castaños, y tiene unos rasgos imprecisos, inconclusos. Pero sonríe dejando a la vista sus dos dientecitos inferiores. Y él regresa y la coge en brazos. La sostiene por debajo del vientre y la levanta, la pequeña trata de alzar la cabeza.

Sus nalgas arden, escocidas por la humedad y el descuido, y, al subirla un poco más, a él se le nubla la mirada...

Y de repente lo hace: le levanta la mano a la cría, a ese desvergonzado trozo de carne. Le pega. Una vez, dos veces.

La niña se estira como con un espasmo, resuella. Transcurre un instante antes de que rompa a llorar, un llanto animal que desgarra el edificio en mitad de la noche.

Entonces respira aliviado, le tiemblan los brazos y las piernas, y estrecha a la niña contra su pecho sin mirarla. Ella llora desconsoladamente y se retuerce como un músculo palpitante entre sus brazos. Su llanto se marchita, tornándose doloroso y constante, y él la envuelve en una manta de lana y la lleva abajo. La otra duerme en el carrito. Se coloca la mochila con dificultad, no se atreve a soltar a la bebé. Al fin, también ella se calma, se duerme en sus brazos, con el labio superior levantado.

Y, así, atraviesa la ciudad, que está negra como una tumba.

Junto a un altozano a las afueras, tras una cancela de hierro, se alza el edificio.

Llama al timbre. Habla con alguien.

Intentan cerrarle la puerta, él la bloquea con un pie.

¿Ha entregado la solicitud? ¿Ha hablado con la junta directiva?

Exige que llamen a la encargada.

Las niñas se quedan en la portería. No se demora mucho en el despacho de la encargada, quizá un cuarto de hora. Conversan con calma, es sobre todo él quien habla.

Después baja de nuevo, inclinado por el peso de la mochila, y no gira la cabeza cuando pasa ante la portería, donde están las niñas.

La cancela se cierra pesadamente tras él. Se aleja sin mirar atrás, sus pasos se pierden con un rítmico sonido metálico en el asfalto.

Todavía no ha amanecido. Los muros grisáceos de los edificios apenas han adquirido un viso plateado en la oscuridad.

ELLEN

Cuando Tellefsen cerró la terminal, ya era bien entrada la noche; los jóvenes —que habían pasado el día tirándose sin parar en trineo por el desnivel hasta dejarlo pulido— ya habían vuelto a sus casas: hacía un frío atroz. El fiordo, negro como la brea, destacaba contra la blancura de la nieve, y el buque patrullero de la ruta nocturna, atracado junto al muelle, era como un peso invisible, una amenaza de hierro en la noche invernal sin vida. Tellefsen se acercó para examinarla detenidamente, la pasarela estaba desplegada, pero no se veía ni un alma. Una carcasa disforme de hierro, los punzantes cañones que alcanzaba a vislumbrar, aunque los intuía más que verlos, el leve murmullo del mar por debajo, de pronto un golpe metálico, y después sólo el susurro del agua, el ruido de unas cadenas, como si al monstruo le sonaran las tripas mientras dormía. En la pasarela, a pesar de que no había nadie, resonaron unos pasos metálicos. El muelle lucía desierto y abandonado bajo el frío. Dándole la espalda a ese oscuro huésped, Tellefsen se disponía a pasarse por donde el zapatero para echar una partida de ajedrez antes de regresar a casa cuando se tropezó con un trineo; una niña endeble y sin manoplas tiraba de él con una cuerda y se mordía la mano que le quedaba libre. A la pálida luz de la nieve, él no podía apartar la vista de sus ojeras; ella, en cambio, contemplaba fijamente la pasarela de embarque.

Tellefsen le dio una patada al trineo. ¡Fuera!, a esas horas de la noche los mocosos no deberían andar deambulando por las calles. ¿Tú quién eres?

Ellen.

Vaya, así que te llamas Ellen. Bueno, pues ya es hora de que te vayas a casa. ¿Dónde vives?

No vivo en ninguna parte.

Pronunciaba las palabras canturreando, con el suave acento de la región de Rogaland; pues sí, era una de ésas.

Aquí no puedes quedarte, niña, vete a casa con tu madre.

Ella se limitó a mirarle con media mano metida en la boca. Pisoteó un poco el suelo con las enormes botas y el dobladillo irregular del vestido dejó a la vista que no llevaba leotardos. Tellefsen no se decidía a marcharse y dejarla allí, junto al buque patrullero.

Vete ya. Aquí no se te ha perdido nada.

La niña se sacó el puño de la boca y lo frotó contra el abrigo. Estoy esperando a alguien, dijo.

Tellefsen se alejó caminando despacio. El taller del zapatero estaba repleto de gente; se amontonaban allí para verle jugar contra varios a la vez, aunque algunos sólo iban para refugiarse en un lugar tranquilo a beber. La desnuda pared rocosa despedía un vaho húmedo y, a pesar de la estufa candente, el ambiente era frío y desapacible. Aquella noche fue incapaz de seguir la partida. Se preguntaba si la niña seguiría en el muelle. Debía de estar aterida. En fin, tendría que acercarse a comprobarlo.

La encontró en el mismo sitio, con la mirada fija en el buque patrullero. Tellefsen se enfureció. ¿Todavía no te has ido a casa?, berreó. Ellen no se inmutó. Tenía los ojos apagados y apesadumbrados, con la amargura de los niños vagabundos. Te vas a congelar, vete ya.

No. Voy a montar en trineo, estoy esperando a alguien.

Es demasiado tarde para montar en trineo. ¿No tienes frío?

No más que de costumbre, respondió ella, con una leve sonrisa. ¿No llevas calcetines siquiera?, le preguntó él luego. Ellen negó con la cabeza, estoy acostumbrada, repuso para consolarle. Sin más preámbulos, Tellefsen la cogió de la mano. Ven conmigo, la animó, dime dónde vives y te acompañaré parte del camino. Pero no, ella estaba esperando a alguien con quien iba a montar en trineo. Si te quedas más tiempo, la policía rural[10] vendrá a por ti, le advirtió. Entonces se marchó voluntariamente con él, pues vivía con su abuelo, en el asilo de pobres de Vengje. Y su abuelo… Su abuelo era el Oskar. Ajá, vaya, así que era la nieta del Oskar, Oskar el vagabundo. La acompañó hasta la cuesta de Vikabrekkjo; la luz que se reflejaba en

[10] En el original: *lensmann*, que es un término que se usaba históricamente en toda Escandinavia para denominar al agente de la ley o la autoridad del orden público local. En la actualidad, se sigue usando el término en Noruega para referirse al dirigente de un distrito policial rural (llamado *lensmannsdistrikt*).

la nieve hacía que la noche no resultase tan cerrada, eso le facilitaría encontrar el camino. Obedece y vete a casa directa, dijo él antes de despedirse, y a eso Ellen le respondió que sí, sin quitar los ojos de la mano que él metió en el bolsillo del chaleco para buscar una moneda de cincuenta céntimos, que ella tomó sin sonrisa alguna y guardó ávidamente en el bolsillo de su vestido. Antes de dar media vuelta y comenzar a bajar de nuevo, Tellefsen la vio alejarse con el trineo a rastras. Y, cuando se giró junto a la verja, ella ya había desaparecido tras la curva.

Antes de regresar a casa, hizo otra ronda por el muelle para comprobar que había cerrado bien. Y, en efecto, lo había hecho, por supuesto que sí, pero, con todo, sentía que se le olvidaba algo que le atormentaba. Se acercó al buque con las manos en los bolsillos del pantalón y le lanzó una mirada de desconfianza y despecho. En ese momento, reparó en la figura inmóvil que se encontraba en el muelle.

Allí estaba Ellen, en el mismo lugar que antes.

Buscó su pipa, pero estaba vacía, de modo que volvió a guardársela en el bolsillo y se encaminó hacia ella. En su voz ya no quedaba rastro alguno de amabilidad. Ahora mismo te vienes conmigo, te llevaré con el yayo y te vas a llevar una buena tunda. Ellen, sin protestar, le dio la mano, fría como un arenque congelado, y echó a andar a su lado. Ella hacía algún comentario, el otro día había comido pan blanco, con jamón y mantequilla de la buena. En ocasiones incluso le daban café, café de verdad y todo. Y unas pastas con una especie de azúcar entre las capas, ¿las había probado él alguna vez? ¿Sabes que mi hermana está preñada?, preguntó sin ningún preámbulo. Mi hermana, la Gunleiv. Le preguntó de quién era el niño. Oh, pues era hijo de la *Wehrmacht*, vaya. Tellefsen se quedó callado.

Ay, son muy amables, ¿sabe? Le dan de todo. Ropa y comida y de todo. Y dinero, ya te digo. ¿Sabe que el de la rural me quiere confirmar?

Tellefsen no respondió, sino que le preguntó: ¿dónde anda tu hermana ahora?

Pues ha salido de viaje, la pobre. Pero el de la rural quiere confirmarme para que no me dejen ir de viaje, con mi madre y las demás.

Caminaron un rato en silencio. Pronto llegaremos a Vengjebrekkjo, entonces podremos deslizarnos en trineo, tú y yo, propuso Ellen. Tellefsen siguió andando sin decir palabra. Ella, aburrida de ir de la mano, se puso de rodillas en el trineo y se dio impulso con el pie para avanzar. Tellefsen iba un poco por detrás, pero, por Dios, niña, ¿¡tampoco llevas ropa interior!? Se está lavando, repuso Ellen. Te vas a congelar. Ah, estoy acostumbrada, murmuró ella a modo de consuelo.

Se aproximaban a Vengje; Ellen se deslizó en el trineo, Tellefsen no quiso montarse con ella. Cuando enfilaron la cuesta arriba hacia el asilo de pobres, ella le agarró la mano de nuevo, afligida, y le preguntó con cautela, ¿esta vez también me vas a dar una moneda de cincuenta? Tellefsen contestó con un escueto no. Entonces ella declamó con su tono de tiple más lastimero, pues hombre, tú que eres tan generoso y bondadoso. Tienes que saber que el yayo me pega…

Cierra el pico, dijo Tellefsen. Y Ellen calló.

Oskar estaba tumbado a la bartola en los restos de un sofá, con camisa y pantalón, leyendo la revista marítima *Skib Ohoi*; la estufa escupía pródigamente su calor, de manera que el ambiente de la alcoba resultaba irrespirable.

Bueno, pues aquí vengo con Ellen, anunció Tellefsen. *Olrait*, déjala ahí mismo, dijo Oskar sin alzar la mirada. Es tarde para que los niños estén deambulando por ahí, le explicó Tellefsen. Ellen está ya bastante crecidita, le aseguró Oskar. Tienes algo de tabaco, tío, le pidió en voz baja, incorporándose de repente. Tellefsen, que no llevaba nada encima, se apresuró a salir de aquella habitación viciada. Fuera, una estrella asomaba entre las nubes, centelleando como una lágrima de rocío, y él la miró y suspiró hondo. El suelo crujía a cada paso, en algunos lugares los pinos dejaban caer la nieve con pesados ruidos sordos; pareciera que alguien caminase pisando con fuerza tras él. Cada pocos pasos, echaba un vistazo por encima del hombro, pero el camino se desplegaba desértico a sus espaldas, serpenteando como un alambre plateado entre las extremidades negras de los árboles, sin revelar nada. Había una pareja oculta en la espesura, tan quietos que dibujaban una única sombra. Más que verlos, Tellefsen los intuyó, y ni siquiera se dignó mirarlos, sino que les mostró su desprecio con un eructo lento y poderoso cuando pasó a su lado. Por lo demás, no había signos de vida fuera. Junto a la verja de Vikabrekkjo se giró de nuevo, algo le inquietaba. Sería una tontería. Ellen ya estaba en casa, en el asilo de pobres, con su abuelo. Podía quedarse tranquilo en lo que respectaba a la niña. Aun así, por si acaso, se dio otra vuelta por el muelle, no le habría extrañado encontrársela allí otra vez, pues esos mocosos son como los gatos, uno nunca sabe.

No estaba allí. Menos mal, respiró aliviado. Ellen estaba a buen recaudo y él había hecho lo que debía volviendo a comprobarlo. Porque uno nunca podía estar seguro con esos niños, que, como auténticos gatos, a menudo aparecen en el lugar más inesperado.

Se pasó por la terminal y se cercioró una vez más de haber cerrado bien la puerta, guardaba una botella allí y pensó que quizá podría permitirse el lujo de dar un traguito, había sido una noche singular. Lo cierto es que no solía beber demasiado y, sobre todo, no bebía solo, pero había sido una noche de lo más peregrina, tal vez una copa mitigaría el desasosiego que lo atenazaba. Aun así, desechó la idea, quería irse a casa y tampoco merecía la pena llegar a deshoras, oliendo a aguardiente, y enfrentarse a la parienta.

Sin embargo, cuando iba ya remontando la cuesta, tuvo que hacerse a un lado: un trineo con dos alemanes encima bajaba a toda velocidad. Y entre ellos iba sentada Ellen, gritando de alegría. Tan sólo alcanzó a vislumbrar sus piernas desnudas y la falda que la ventisca hacía revolotear a su alrededor.

TRES NUEVAS CONDENAS A MUERTE AYER

Ya oscurecía cuando abandonó la tienda. Dio por imposible encontrar un asiento en el tranvía y empezó a subir por Storgata con las manos en los bolsillos del abrigo. Su cuerpo palpitaba por el esfuerzo a cada paso que daba, como si no le quedara ni un hueso. De vez en cuando, jadeante, se paraba para recobrar el aliento. Cuando se quitó el sombrero para secarse el sudor frío de la frente, el cabello le cayó sobre las sienes. Tenía ese tono desvaído que suele aparecer en hombres que, de repente, encanecen. Sus ojos estaban inyectados en sangre y los párpados, rígidos y ajados, le conferían una expresión aturdida. Por lo demás, su rostro, escuálido y huesudo, luce profundos surcos junto al nacimiento de la nariz. Tras recorrer un tramo de Trondheimsveien se sienta en un banco, tirita, el viento hace que le lloren los ojos. Tiene los párpados hinchados, caídos. Su cerebro es una masa trémula, le duele la nuca.

Justo ahora, en este preciso instante, tal vez podría haber dormido un poco. Inclina la cabeza hacia delante, le escuecen los ojos y se le cierran. Los abre de golpe, contempla el muro del edificio que tiene casi enfrente al otro lado de la calle. En una ventana se enciende una luz, que acto seguido queda ahogada tras una cortina opaca, una mirada ciega al crepúsculo. En todas partes, la vida se recluye tras la opacidad.

Poco a poco, los contornos se borran, la calle queda desierta. Solitarios pasos metálicos resuenan contra los adoquines de la acera de enfrente: un centinela. Diez pasos a la derecha, diez pasos a la izquierda. La oscuridad llega arrastrándose desde las callejuelas laterales, confabulando muda. La ciudad calla, un desierto de piedra se asoma en la densa oscuridad y calla.

Tveit se encoge dentro del abrigo, sus ojos centellean hacia el lugar donde los pasos percuten con su solitaria monotonía. Sentado como si estuviera a punto de salir corriendo, los dedos se le crispan dentro de los bolsillos del abrigo. Diez pasos a la derecha, y una breve parada, el soldado tose. Tveit se relaja, el cansancio vela sus ojos. El soldado tose. Hay algo humano en la tos de un hombre. Vuelven los pasos, pesados y al compás, tranquilos como una pulsación del destino. Un casco y una bayoneta y un abrigo de uniforme ceñido. Destino, indolente y sin piedad. Y Tveit crispa los dedos de nuevo.

El tranvía pasa traqueteando, retumba como una sirena en los tímpanos, se para. Se vacía y se llena, continúa su camino. En la acera se escuchan carreras presurosas, voces. Desaparecen tras las esquinas de los edificios, dentro de los portales; entonces regresa el silencio.

Y el silencio es como un grito contra el cielo ceniciento, el silencio de la guerra.

Tveit saca las manos de los bolsillos, las contempla, las busca en la oscuridad. Su respiración resuena entrecortada y pesada, un sollozo seco brota de la laringe. Alza una mano hasta colocarla a la altura de los ojos, se mueve como una medusa en aguas profundas, amarillenta e informe. Gruñe, habla consigo mismo, su corteza cerebral le pide un descanso a gritos.

Enmudece súbitamente, se endereza, a la escucha. A continuación espira, se seca el sudor de la frente. No, nadie. Nadie lo ha escuchado. Por Dios, debe aprender a callarse cuando está solo. Son los nervios.

Se levanta con dificultad, continúa escuchando en la oscuridad. Los latidos metálicos al otro lado de la calle. Uno, dos, tres, cuatro…

Diablos, déjeme llegar a casa.

Aunque sus pasos se arrastran, inseguros, hacen que la acera retroceda, tiran de las hileras de edificios y las dejan atrás. El tranvía pasa a toda prisa a su lado, atraviesa su aturdimiento, le desgarra los nervios hasta hacérselos sangrar, y proyecta su triste luz azulada a lo largo de la calzada.

Sólo son los nervios. El sueño. Que Dios me ayude, sólo es el maldito sueño. Se le cierran los ojos, el cuerpo es una medusa enferma; el cerebro, una masa trémula. Dormita mientras anda. A veces se sobresalta, mira con disimulo a su alrededor. Hay una pareja que pasea, no lo miran. Por lo tanto, no ha dicho nada.

Es lo más peligroso de todo, el hecho de que a veces se olvida. Algún día lo tomarán por un demente, entonces estará acabado.

Pero es el sueño. Si tan sólo pudiera dormir. Una única vez… para empezar. Descansado y preparado. Frío. Los brazos fuertes, las manos tranquilas. Las manos tranquilas… ahora tiemblan en los bolsillos del abrigo como un cable en un poste telefónico. Un cable que atraviesa su cuerpo gelatinoso como una red. Un cable muy fino que lo mantiene despierto día y noche, días y noches. Semanas. Meses. Meses sin dormir.

Cinco meses y medio sin dormir.

Eso no está bien, el sueño no debe llegar primero. Justo de eso se trata. El sueño llega después. De lo contrario no habría nada. De lo contrario no ocurriría nada.

Cinco meses y medio. Puede que sólo hayan transcurrido unas horas. Puede que hayan transcurrido eternidades muertas.

Claro que ha dormido. Duerme a diario. Duerme detrás del mostrador, niega con la cabeza lamentándose ante los clientes desesperados y dice lo que ha de decir: Lo siento, señora. Quizás en una semana. Puede renovar su cupón, ¿sabe usted? ¿Dónde está la mercancía? Pues…

Y sonríe, la misma sonrisa a cada uno. Puede significar todo o nada. Mientras sus ojos se clavan en la nada, en un sombrero, en un rostro. Duerme. Duerme mientras busca las cajas entre los estantes: ¿Le serviría esto? Es papel. Sí, por desgracia sólo es papel, pero igual podría servirle de algo. Hasta que llegue la ración. Vaya, no. Y duerme cuando vuelve a colocar las cajas en su sitio.

Hasta que una voz tenue y compasiva le sacude como una explosión: Escúcheme, Tveit. Usted iba a tomarse unas vacaciones. No hay mucho que hacer por aquí ahora, usted necesita unas vacaciones.

No, gracias, señor, no necesito vacaciones. Las vacaciones no existen. El descanso no existe. ¿Cree usted que estoy en duelo? No estoy en duelo, señor, pero muchas gracias, gracias de todos modos. Yo cumplo con mi trabajo, ¿o acaso no cumplo con mi trabajo? Mire, usted piensa que soy excéntrico, que me estoy volviendo excéntrico. Se equivoca, la cosa es clara y sencilla: yo mato. Mato a un joven alemán cada día. A un joven alemán con un padre en Alemania. Y no duermo. En ningún momento duermo, hasta verlo fenecer entre estas dos manos mías.

Tveit rechaza con cortesía cualquier propuesta de tomarse unas vacaciones. Gracias, estoy bien. Y, además, ¿sabe usted? No hay adónde ir. Saluda inclinándose sin sonreír, sus finos labios se cierran encapsulando sus pensamientos.

Se detiene, la oscuridad es absoluta. Sin una mirada siquiera, sabe dónde está. Aquí las simétricas casas rectangulares se erigen con libertad contra el viento, siente el peso de los contornos difusos contra las nubes, desnudas y también libres. Se desvía hacia un pequeño recinto, camina seguro como un sonámbulo entre las pequeñas cercas que están hechas como para tropezarse. Aquí

Aquí. Éste es el lugar.

Se detiene brevemente, reclina la cabeza hacia atrás y se impregna del silencio. El silencio de la guerra. Sus nervios chisporrotean. Luego se serena en cuerpo y alma, se calma. Sus pasos son tranquilos, despacio y con determinación, igual que cuando uno conversa con alguien y dispone de mucho tiempo.

Aquí no está solo. Aquí nunca está solo. En este oscuro recinto en el que reina un silencio sepulcral tiene a alguien junto a él. Cálido, cercano. Percibe la ternura que se desliza de su persona como una materia viva, y envuelve como una capa a AQUEL que camina a su lado, uniéndolos. Charla con ÉL, sin mover los labios. Las filas de casas han desaparecido, convertidas en gigantescos abetos que cubren las estrellas y extienden sus ramas sobre AMBOS. Una oscuridad plácida. Alguien anda a su lado, avanza junto a él, no percibe sus pasos. Pero su aliento, ese aliento cálido, joven... Una presencia entrañable. Puede oír el lento rumor de las copas de los abetos. Le susurra al oído.

Padre.

Algo cálido le bulle tras los párpados, el frío se le agarra a la garganta. Y algo de angustia.

Padre.

No tengo miedo, hijo mío.

Padre.

Lo sé, querido, no estás muerto. Estás aquí.

Deja que sienta tu mano. No encuentro tu mano. No, no. Pero sé que estás conmigo.

No dices nada, vuelve a decir «padre».

No, no, aunque te percibo. Dios mío, te quiero. Eres bueno, estás cerca de mí. Bendito seas. No me dejes nunca.

Todo está en silencio, pero aquello está ahí, leves escalofríos le recorren la piel y en el pecho se le encienden chispas de una felicidad desconocida.

No estás muerto. Eres la vida misma. Eres lo que va a venir. Un destello en la oscuridad. No tengo miedo, pero ese destello me ciega. Tú. Tú mismo, la misma luz. Tú me ciegas el alma.

Podrán despojarte de la vida miles y miles de veces y no podrán matarte, nunca morirás. ¡Nunca morirás!

Su propio susurro le provoca un estremecimiento, le presiona la garganta y resuena como un grito en su oído. Mira desesperadamente en torno suyo, escucha, no, nadie. No hay nadie. El susurro de un hombre solitario ha reventado el sueño y la verdad, lo único que queda es una pesadilla desnuda: un desierto de piedras aniquilado, viento y oscuridad. Una pareja en un portal, la sombra de la risa de una mujer.

Vuelve a encontrarse solo.

Como cada día a la misma hora, en el mismo lugar. Agachado como para recibir un golpe, alza la cabeza con humildad y contempla el enorme y ciego rectángulo de ladrillo; se queda en ese lugar sabiendo que fue aquí, a pesar de que no ve nada. Fue justo aquí, hace cinco meses y medio.

Una mañana como otra cualquiera: indiferencia, ofuscación, prisas… Aquí está el estanco donde compra la edición matutina del periódico y su modesta ración de tabaco.

Esa que envía íntegramente a Grini[11]. Esa que envía con una sensación aletargada de seguridad, con una añoranza desvaída: Bjørn está a salvo en Grini.

[11] El campo de Grini, cerca de Oslo, fue usado por los nazis (1941-45) para encarcelar a resistentes noruegos y prisioneros políticos. Aunque allí la disciplina era brutal y se les obligaba a realizar trabajos forzados, no fue un campo de exterminio. Tras la guerra, se empleó para detener colaboradores nazis noruegos.

Es aquí, frente al estanco, donde despliega el periódico como de costumbre, deja que sus ojos recorran la portada antes de leerla con más detenimiento en el tranvía. Y aquí, en este mismo lugar, revive a diario aquella mañana de hace cinco meses y medio, de hace un instante, de hace eternidades fenecidas.

La señora del estanco le da los buenos días sin mirarlo. Le da la espalda de inmediato, hace como si tuviera algo que buscar en los estantes de detrás. Él recuerda hasta los detalles más embarazosos: le falta un botón en la parte baja del abrigo. Lleva sin botón una semana o más. Piensa: Tendré que acordarme de pedirle a Sørstad que me lo cosa. En eso piensa cuando despliega el periódico.

En primera plana, lo de siempre: LAS DESCOMUNALES BATALLAS QUE ARRASAN EL FRENTE ORIENTAL SOBREPASAN CUALQUIER COSA QUE UNO HAYA PODIDO IMAGINARSE HASTA AHORA EN LA GUERRA. Un poco sobre Italia, una breve mención, algunos comunicados cortos. Un editorial furioso, un rugido apagado. Una nota enmarcada en la esquina inferior izquierda: tres nuevas condenas a muerte. TRES NUEVAS CONDENAS A MUERTE AYER. Vaya, en fin… Cabrones. Veamos, a quién han considerado oportuno arrancar de su hogar para asesinarlo. Karl Elias Vangensten, Sogndal, veintiún años. No lo conozco. Pero, por Dios, veintiún años… Pobres padres. Y, luego, Per Halvorsen…

Deja caer el periódico. Sus ojos apenas registran el último nombre. El último de los tres. Vuelve a levantar el periódico, pero no logra encontrarlo, las letras se entremezclan. Desde el principio, tranquilo.

Le tiemblan las manos, cálmate. No es posible. Es imposible.

TRES NUEVAS CONDENAS A MUERTE AYER.

AYER, TERBOVEN DICTÓ TRES NUEVAS CONDENAS A MUERTE CONTRA CIUDADANOS NORUEGOS POR ACTIVIDADES COMUNISTAS, SABOTAJE Y TRAICIÓN A LA PATRIA. LOS SIGUIENTES CIUDADANOS NORUEGOS FUERON CONDENADOS A MORIR A MANOS DE UN PELOTÓN DE FUSILAMIENTO:

KARL ELIAS VANGENSTEN, SOGNDAL, VEINTIÚN AÑOS.
PER HALVORSEN, OSLO, VEINTISIETE AÑOS.
BJØRN TVEIT, OSLO, VEINTICINCO AÑOS.

LAS TRES CONDENAS FUERON EJECUTADAS ESTA MAÑANA TEMPRANO.

Bjørn Tveit, Oslo, veinticinco años. Bjørn Tveit, Oslo…

Se ha metido el periódico en el bolsillo y camina hacia la parada del tranvía como de costumbre. Su cuerpo está entumecido, no reconoce sus propios pasos. Le asaltan unas náuseas insoportables, las palabras que acaba de leer bailan ante sus ojos sin sentido alguno. Bjørn Tveit [illegible] palabras y letras lo atraviesan como un dolor que nace en alguna parte de su interior, pero carecen de sentido. Sube al tranvía, repleto de gente. Se queda un rato de pie, hasta que se percata de que el tranvía se mueve. Es una sensación insoportable. Realiza un ademán desesperado entre la multitud para conseguir sacarse el periódico del bolsillo, apenas vislumbra la nota enmarcada…

LAS TRES CONDENAS FUERON EJECUTADAS ESTA MAÑANA TEMPRANO.

La totalidad de las condenas a muerte.

EJECUTADAS. Ejecutadas esta mañana temprano.

Bjørn Tveit, Oslo, veinticinco años.

Han asesinado a Bjørn. Bjørn está muerto.

Poco a poco el concepto se desprende de su revestimiento de palabras y letras, la realidad sin palabras se abre camino, cimentándose dolorosamente desde el cerebro hasta la nuca, apoderándose de cada parte de él con un sufrimiento mudo y vertiginoso. Su garganta se contrae entre espasmos, una furiosa presión en la parte trasera de la cabeza, una pesada gota de sangre cae en la solapa del abrigo. Le sangra la nariz.

Entonces continúa camino calle arriba, ni él mismo sabe cómo se ha bajado del tranvía, anda apretándose un pañuelo contra la nariz y la respiración entrecortada. No se percata de nada ni de nadie, un avión retumba sobre los tejados de las casas crispándole los nervios.

Bjørn está muerto.

Está delante del estanco otra vez, aquí fue, aquí fue, hasta que llegó aquí hace un momento, la vida era una esperanza gris todavía a flote, una cadena viscosa de resignación y esperanza.

Y ahora se encuentra aquí, un padre sin hijo, la verdad es como un hachazo en el cráneo. Han asesinado a Bjørn.

Le han arrebatado toda esperanza, la vida carece de sentido. La vida es un ascua incesante de tormento, de pesar y odio y desesperanza. Una mujer se ha detenido frente a él, una vecina, apenas la reconoce. Con ojos rebosantes de lágrimas, un océano de compasión, lleva una cesta pesada de la compra en el brazo y extiende ambas manos hacia él. Él no las toma, no se percata de su presencia, alza los puños hacia la fachada del edificio y sostiene el pañuelo sangriento en una de las manos, no se percata del cálido fluido que le corre por el mentón. De alguna manera, este estanco es culpable, él lo maldice, arranca su voz de la sequedad de la garganta, suena quebrada e irreconocible, la furia chirriante de un anciano.

¡Yo también quiero matar! ¡Quiero devolvérselo matándoles a sus hijos! ¡Quiero matar a esa progenie de Satanás!

Pero su voz no alcanza más allá de su propia conciencia, limitada como está a sonidos roncos, a un sollozo seco. Ante la espantada exclamación de la mujer, se seca la sangre del rostro. Un juramento mudo vibra en sus ojos, quiebra todo a su alrededor, y el cielo tiembla.

Ella desaparece con su compasión, la entrometida. Se ha desmoronado ante este pesar desgarrador, opresivo y abismal, que no mendiga compasión.

Y la furia lo atraviesa, un odio salvaje que consuela. Quiero matar a sus hijos. Yo mismo quiero matarlos, con mis propias manos.

El odio resulta placentero, un odio que lo estrecha entre sus brazos y le hace bien.

ANDREI

Me encontré con él en la sala de espera. Salimos juntos. No lo había visto antes, pero nos reconocimos.

Cuando cierro los ojos e imagino que le estoy acariciando el rostro, ancho y fuerte, puedo sentir sus rasgos en la punta de los dedos. Ya no era tan joven. La boina alpina le cubría parte de la frente, y no se la quitaba; nunca lo vi sin ella. Y, sin que él me lo hubiese dicho, supe que se llamaba Andrei. Andrei.

Era un forastero. Pronunciaba con dificultad, como les suele ocurrir a los extranjeros cuando hablan noruego. Sin embargo, yo lo conocía y lo amaba, lo único que sabía era eso, y que amarlo era bueno.

Cuando caminaba a mi lado, me pasaba el brazo por encima del hombro y su calor inundaba mi pequeño corazón helado. En aquellos momentos, ya no me sentía sola. Aquel brazo, su tacto, era como si el amor mismo me estuviera acariciando, y me hacía feliz.

¿Dónde estaba el niño entonces?, te preguntarás. A lo que te responderé que no lo recuerdo. El niño no estaba allí; entonces no. Yo sólo tenía ojos para Andrei, ojos que rebosaban amor cuando lo miraba, y él me dijo que los tenía bonitos.

Debajo de la boina, la piel estaba amoratada e hinchada, como después de un buen golpe. Y quise quitársela para soplarle la magulladura, pero me detuvo con una sonrisa. Dijo: Tengo una herida sin curar en la frente, no quiero que la veas.

Ya no recuerdo bien el contexto, pero fue una experiencia intensa, todavía la siento en la piel. Siento cuánto lo amo y lo maravilloso que es ser un humano entre humanos. No por la pasión carnal, sino por el cálido sosiego que corre por mis venas.

Me habló de su hogar, había tenido un hogar una vez, lejos. Y entonces se puso serio, se tornó distante a causa del sufrimiento, y me entraron ganas de arrodillarme ante él. No lo hice, no me arrodillé. Pero podría haberlo hecho, porque lo amaba mucho. Y, con él, a todos los que han sido atravesados por el frío del dolor.

Llevaba una chaqueta marrón desgastada, de tela tosca y barata, y unos pantalones grises sin planchar. Lo describo con tanto detalle porque lo amaba todo de él, hasta la corbata un poco deshilachada y mal atada, y el cuello de la camisa arrugado y algo sucio. Tenía los ojos tan profundamente hundidos que no distinguía su color, sólo adivinaba la luz que irradiaban. Podría haberle besado las cejas, o aquellas manos curtidas con las uñas desgastadas por el trabajo. No lo hice, me limité a quedarme a su lado. Simplemente lo sentía en mi piel, como una corriente divina fluyendo de una persona a otra.

Entonces dijo algo que me estremeció. No soy capaz de evocar las palabras exactas, pero sé que respondí:

¿La guerra? ¿Acaso no sabes que se acabó? Hace varios años ya. Él no lo sabía. ¡No lo sabía! Y entonces se lo conté, le hablé de todo lo que había pasado. De la libertad que habíamos recuperado; de los primeros momentos difíciles, desconcertados por las posibilidades de una felicidad en la que apenas nos atrevíamos a creer después de la férrea adhesión de aquellos años nefastos. Y de los culpables, que recibieron su castigo.

Él se puso lívido, la agonía contrajo su rostro.

De manera que aún sois infelices.

Nosotros no, ellos.

Todos, repuso.

Insistí, ¿no lo sabías?

Él sonrió ante mi sorpresa; no, no sabía nada de los últimos tiempos. Y luego lo soltó, como si fuera una evidencia que yo debía asumir: que llevaba muerto muchos años. Y supe que decía la verdad. Mi primera reacción fue de profunda tristeza, de angustia por el instante en el que volvería a alejarse de mí, porque yo lo amaba y no me sentía sola a su lado. En ese caso, tendremos que volver a separarnos, dije. Pero él, con una sonrisa apacible, me explicó que no importaba, porque nos amábamos, y no es la muerte lo que separa a las personas. Y que, cuando lo necesitara de nuevo, lo evocase con toda mi alma, porque el amor es más fuerte que la muerte.

Se inclinó hacia mí y una impotencia gélida me embargó. Su aliento era glacial. En ese instante, reparé en sus ojos —no sé si azules o marrones, pero sí abiertos y serenos—: no parpadeaba. Los labios se contrajeron en un rictus, revelando los dientes —la boca no era ya sino un profundo agujero negro—, y se le hundieron las mejillas de color amarillo ceroso. En sus párpados, gotas de sudor condensado. Su mirada, fija, se tornó vidriosa.

¡Andrei! Grité su nombre. Le pedí, le supliqué que regresase al lugar de donde había venido.

Entonces me desperté.

Me sequé el sudor frío de la frente, encendí un cigarrillo y traté de leer para distraerme. Andrei, se llamaba. Y no me había liberado de mi sueño. Sentía su presencia en mi piel, la de ese hombre al que no había conocido.

Cuando volví a acostarme, el horror de la muerte había desaparecido y sólo deseaba una cosa: que el sueño me lo devolviera, aun fugazmente.

Aunque no sé dónde estábamos y soy incapaz de rememorar esas imágenes, por aquel entonces tenía al niño conmigo. Nos cruzábamos con seres que emanaban frío. Eran personas vivas que emanaban un helor mortal. Estreché al pequeño contra mi pecho. A nuestro alrededor, el ambiente, saturado de ansiedad y soledad, rebosaba rencor y desprecio. Aquello que nos rodeaba, y que no consigo definir, nos perseguía, trataba de atraparnos con sus ignominiosas garras. Los rostros desfilaban junto a mí en una gélida penumbra, rostros que yo conocía y que, sin embargo, ahora destilaban una secreta hostilidad, pálidos de odio. No hay palabras para describir semejante soledad…

Reparé en que nos encontrábamos en una habitación con las paredes de tela gris plateada cuyos pliegues se deslizaban despacio. Mientras los tabiques se entretenían en aquel juego de sombras, en el centro se abatía un círculo de luz intensa. Y los otros deambulaban desde la penumbra, como nacidos de la oscuridad, hacia la luz cegadora. Sólo hombres. Se acercaron, tendiéndome las manos, unas manos esqueléticas, con avidez y lujuria. Las caras iban y venían, empujándose y suplantándose en su lucha por alcanzarme. El niño se agarraba a mí. Conocía aquellas caras, caras de personas vivas que el desdén había tornado extranjeras, muertas de abominable deseo. Las manos pululaban en torno a nosotros, ejércitos de manos dispuestas a atraparme con sus garras amarillentas y libidinosas.

Entonces, presa de la angustia, evoqué a Andrei, al fallecido Andrei. Susurré, pero la fuerza de mi llamada podría haberme aplastado bajo su peso. Y supe, con alegría y miedo, que él me oía, que el muerto oía mi llanto. Las manos de los vivos habían logrado asirse a mis ropas, una burlona lujuria desgarraba sus semblantes. El niño se aferraba a mí. Así que alcé la voz: ¡Andrei! Luego grité: ¡Andrei!

Antes incluso de que los pliegues de la pared comenzaran a ondear, lo sentí, entendí que el muerto se acercaba. La fuerza de mi súplica estaba a punto de asfixiarme.

Aun así, cuando las colgaduras se hicieron a un lado y apareció él, con su amable sonrisa y sus humildes ropas, lloré de felicidad.

Los vivos se habían marchado, llevándose su odio y su frío mortal.

Andrei estaba tan cerca que parecía presente en carne y hueso.

Dije: Pensé que eras un sueño, pensé que estabas muerto.

Él respondió: Lo estoy. Debo regresar, no puedo quedarme mucho tiempo contigo.

Yo le pregunté: ¿Por qué has venido, si estás muerto?

Y contestó: Tu amor es muy intenso. No es la muerte lo que separa a unas personas de otras.

Nos encontramos en una modesta cumbre en las montañas. Conocía aquel lugar, había jugado allí de niña. Allí se alzaba un peñasco, debajo del cual me sentaba y soñaba despierta, fantaseaba con el amor. Anhelaba un amor que no moriría jamás. Aquel anhelo nunca fue aplacado. No era amor carnal ni el de una madre hacia los de propia sangre. Mi melancolía nació ahí, y era un deseo potente, que me hizo conocer la soledad. Hasta la llegada de Andrei. Se lo conté.

Él dijo: Donde nace el sueño de uno, ve su final el de otro.

Él también conocía aquel lugar.

Luego preguntó: ¿Tienes miedo?, estás pálida. Le respondí que nada temía mientras él estuviese con nosotros.

Él añadió: Tampoco debes tener miedo cuando me marche. Porque tu amor, que está vivo, no permitirá que nada malo te alcance.

Nos abrazó con ternura a los dos, al niño y a mí. Una gota púrpura brotó de debajo de su boina. Oscureció y se coaguló ante mis ojos. Se inclinó hacia el niño, que de pronto se hizo pesado en mis brazos y hundió la cabeza en mi pecho. Palideció, se le abrió la boca, lánguida, y el sudor perló su frente. El aliento de Andrei era helador. Estreché al pequeño contra mi pecho. Los ojos de Andrei se apagaron, fijos en las frías sombras.

Entonces grité: ¡Vete! Retírate, aléjate de él.

La boca se le desvaneció en una mueca de dientes desnudos, los ojos se nublaron en sus huecas cavidades. Antes de que se extinguiera, distinguí un poco de sangre seca en su frente cerúlea.

Me desperté con un sudor frío.

El niño dormía, respiraba con calma.

Susurré su nombre: Andrei.

En primavera, cogía al niño de la mano y, tarareando, me encaminaba con él hacia el bosque, a las montañas. Las personas con las que me encontraba eran las mismas que a menudo me provocaban un profundo sentimiento de abandono. Sin embargo, habían cambiado para mí. Antes carecían de alegría, no había ninguna música en sus sonrisas. Ahora me miraban con bondad, con un destello feliz en los ojos y una calidez conmovedora, y los amaba por eso, porque todos me regalaban la sonrisa de Andrei.

Pues, a pesar de que ya rara vez soñaba con él, y que él no era sino ensueño, yo amaba a Andrei. Lo veía en aquellos con quienes me topaba y me impregnaba de ellos, de viejos y jóvenes. De todos.

Aquella primavera llegó muy pronto, cuando aún quedaba nieve, sucia por la tierra y el polvo. Pero yo sentía el aroma puro del musgo y de los árboles, del arroyo que se regocijaba y cantaba bajo los viejos témpanos de hielo, invernales y nudosos, que colgaban de los acantilados. Y recogí guijarros, los besé y los arrojé al arroyo, cuya superficie danzante se hizo añicos con un sonido cristalino. El niño reía a carcajadas.

Subimos la montaña jugando y riendo entre los mismos árboles, alrededor de los mismos montículos donde se había luchado hacía unos años, donde apenas una docena de nuestros francotiradores habían causado tantas y tantas pérdidas al enemigo. Aquí también solía jugar yo de pequeña.

Las ruinas de barracones, vestigios de un campo de prisioneros, eran ahora rediles de ovejas. La lana cubría las alambradas pisoteadas, que en algunos lugares habían quedado enterradas por completo; el ganado menor pacía mansamente en el pasto que los años habían extendido sobre ellas. Y el perfume de mil flores por nacer se elevaba del mantillo negro que se arrastraba y ocultaba bajo bancales de nieve derritiéndose...

Me detuve, y el niño enmudeció con mi silencio. Ahí estaba el peñasco bajo el cual había jugado de cría, donde surgieron aquellos sueños tan intensos y hermosos. Ahí estaba, invadido por alisos, abedules enanos, enebros y helechos que custodiaban su secreto.

Espera aquí. El pequeño, con la mirada interrogante y la boca entreabierta, no se movió.

Los helechos marchitos del año anterior, pardos, congelados y retorcidos, crujían bajo mis zapatos. Quebré las ramas de aliso, partí jóvenes brotes de abedul, cuya corteza me desgarró las manos hasta hacerlas sangrar, y me abrí paso hasta mi guarida infantil.

Una penumbra azul se extendía allí debajo, y un aliento frío soplaba en mi rostro desde el oscuro fondo del recoveco. Metí el pie en un manto de nieve y lo retiré con un alarido. Y a pesar de que el roce con un objeto sólido me atravesó como una punzada glacial desde la planta del pie hasta el cerebro, me entregué a retirar la nieve con manos febriles.

El talón de una bota sobresalía de la tierra congelada a la sombra del peñasco. Intenté excavar, pero estaba dura, presa aún del invierno.

El sueño me sobrevino de repente. Andrei…

¿Vendría del campamento? ¿Se arrastraría hasta aquí para morir en paz? ¿Le dispararían cuando tratara de escapar? O… quizá… él mismo…

Cogí al niño de la mano sin responder a sus numerosas preguntas y lo dejé en una granja en la que reuní a algunas personas con palas y otras herramientas. Acompañé a tres hombres hasta el lugar y me quedé a cierta distancia, desde donde les observé, sin apartar la vista.

Palearon y picaron. Gritaron.

Lo habían encontrado.

Susurré: Andrei. Era tan dulce pronunciar su nombre, y mis lágrimas tan cálidas…

Después de pasárselo de uno a otro, arrojaron un objeto pesado al suelo.

Un casco.

¿Un casco? Lo recogí, pesaba mucho. Tenía una abolladura en el centro de la parte delantera, una curva carbonizada. La pintura verde estaba descascarillada y el acero oxidado.

Pero la insignia...

La insignia refulgía en blanco y negro ante mis ojos. El símbolo, aquel símbolo odiado...

Lancé el casco como si me hubiese quemado. Y giré la cara, retiré la vista. Estaba paralizada. Las lágrimas se helaron en mis mejillas, su frío me quemaba la piel.

Cuando comprendí que los hombres habían terminado su tarea, me aventuré a mirar en su dirección.

Habían cubierto con ramas de pino lo que yacía en la camilla.

Uno de ellos me entregó la placa, la pequeña placa de latón, pero no la miré. Un disparo en la frente, rió con orgullo.

Bajaron con la camilla. Yo no me moví de allí en un buen rato, el sol ya no calentaba cuando me fui. La gélida fragancia de las últimas nieves me acariciaba la cara. El casco estaba volcado ante un arbusto de brezo, la insignia me contemplaba con socarronería.

Antes de regresar, pisoteé con saña aquella insignia blanca y negra. Al retirar el pie, estaba cubierta por el barro de mis zapatos.

Un disparo en la frente.

Sin embargo, estrujé la pequeña placa en mi mano, la placa funeraria con el nombre desconocido, y sentí que se había calentado con el calor de mi sangre. Bajé la montaña cantando.

ACHTUNG, GNÄDIGES FRÄULEIN

Herein! Sí, sí, pasa, por favor. ¡Oh! ¡Querida! ¡Fantástica! Has venido, cielos, querida. Mi tesoro, ¡mi diosa! Sí, sí, te estrangularía, te destrozaría, te mataría de amor. Pero ¿qué es lo que te pasa, mi amor? ¡Oh! Pero si has estado llorando, Dios mío, has estado llorando otra vez. ¿Te han hecho daño? ¿Quién le ha hecho daño a mi niñita? Los mataré. Pues sí, juro por Dios que mataré a cualquiera que te moleste, te ofenda o te haga llorar. ¡A ti, mi pasión! ¡Mi destino! Te adoro, te adoro, ¿me oyes? Sí, los mataré, ¿quién ha sido? Dilo. No, pero qué me estás diciendo, ¿quieren echarte de casa, echar de casa a su propia hija? Es inconcebible. ¡Criminal! ¡Cielos! Y vienes a mí. A mí. Que Dios te bendiga. Pero escúchame, no llores más, ahora que estás conmigo no llorarás más. Diablos, casi se me olvida, mira, aquí. Mira lo que tengo para ti. Cariño, ¿qué me dices? ¿Qué? Bombones. A las niñas les encantan los bombones. ¿O no? Ja, ja, ja. *Kong Haakon*, ya no quedan en las tiendas y esta caja es para ti. Come. Ha sido terriblemente cara. No importa. No hay bombones demasiado caros para ti, el dinero no me importa si puedo hacerte feliz. Lo juro, es cierto. Tranquila, alegra esa cara, seamos felices. Simplemente felices. Mira, escojo el mejor bombón para ti. Es de mazapán con relleno de fresa, creo. ¿Qué me dices? ¿Rico, eh? Ja, ja, ja. Deja de pensar en cosas tristes. Bobadas, esas tontas no deberían importarte. Si no quieren saludarte, que no te saluden. No se merecen tu saludo. No, qué va, ¿realmente te afecta? No son más que colegialas estúpidas. No saben lo que es el amor. Tú tampoco lo sabías, ¿no te acuerdas?, ninguna era más orgullosa que tú. Ja, ja, ja, qué aires de grandeza te dabas. Tú eras la peor, y pensé que tendría que darte unos azotes en ese culito, ¡oh, vaya diva de instituto! Nadie es más fácil de atrapar: las que más protestan son las primeras en caer. Que se anden con cuidado esas bobas que te ignoran. Yo tardé una semana. Me acerqué a ti y me fulminaste con la mirada. Estabas para comerte, me fui enamorando cada vez más, ja, ja, ja. Ni siquiera me diste las gracias, aquella noche que te salvé de unos marineros borrachos. ¡Ni siquiera me diste las gracias! Imagínate si no llego a estar ahí en ese preciso momento, justo detrás de ti, en la oscuridad. ¿Qué te habría ocurrido si no te hubiera salvado? Ay, Dios mío, no me atrevo ni a pensarlo. Esos tipos de la Marina son unos abusones, una jodida chusma. Y tú ni siquiera me diste las gracias. No dijiste nada, no me respondiste cuando me presenté y te conté que vivía aquí. Te marchaste sin decir palabra, de veras estuve a punto de darte por imposible. Y entonces, de pronto, viniste. Acudiste a mí por tu cuenta y riesgo. Ay, Dios mío, qué asustada estabas, cómo temblabas. Sólo unos días más tarde viniste a verme, ¿lo recuerdas?, ¿lo recuerdas? Jamás me había sentido tan afortunado, tan feliz. Sabía que eras mía, lo supe en cuanto te vi asomarte por la puerta con pinta de ir a salir corriendo si hacía un movimiento en falso. Qué preciosidad. ¡Preciosa! Y no huiste. No te moviste, ni siquiera cuando cerré la puerta y eché el cerrojo. Pero temblabas, Dios mío, cómo temblabas. Eras como una llama, temblabas y me marcaste a fuego, juro por Dios que jamás he conocido a nadie como tú. No, aparta las manos, de mí no debes esconder ese rostro tan dulce. Bueno, bueno… ¿Sigues triste? Querida, mi amor, ¿dónde te vas a meter? *Aber Mensch*, cariñito, te vas a quedar aquí conmigo. Al menos esta noche. Ji, ji, ji. Escúchame, creo que necesitas una copa de vino. Te pondrá de buen humor en un santiamén. Éste no está mal, y fue bastante caro. Tranquila, ya está. ¡Salud, diosa! Mi diosa. Ay, qué dulce eres. Y cuánto tienes que quererme, mi dulce corderito. Claro que sí, yo también te quiero. Juro por Dios que es verdad. Esto va en serio, esta vez se trata del gran amor, del amor divino. ¿Me crees? Eres la única mujer, sí, porque ya te has convertido en una mujer, ¿no te alegra eso? Eres mía. ¿Lo entiendes?, me perteneces. Me has entregado tu inocencia, le doy las gracias a Dios por eso. Sí, sabes que rezo por ti y doy gracias por que me hayas entregado tu primer pecado. Me has dado algo que nunca, nunca jamás le darás a nadie más. Santo cielo, ¡cuánto debes amarme! Y por mi culpa estás pasando por todo esto, sólo por mi culpa. Has sacrificado a tus amigos y amigas por mí, ja, ja, ja, pues no, no me río, sólo estoy feliz, a pesar de todo. Ejerzo un poder insólito sobre ti, ¿te has percatado? Siempre he ejercido un poder fantástico sobre las mujeres. Ay, sí, es inconcebible que te hayan echado de casa. No lo pienses más. Sólo piensa que es por mí, por tu amor. Imagina, una chica a la que echan de casa por mi culpa, sólo por mi culpa, una orgullosa chica noruega. Es algo maravilloso. Bebe, pues, bebe, ¿me oyes? Te hará bien. Acabaremos encontrando una solución, confía en mí. Pero ¿seré imbécil? No he caído en que puedo servirte algo de cena. Debes de tener hambre. ¿No? ¿Ah, sí? Mira. He untado las rebanadas yo mismo, y me queda un salchichón estupendo. ¿No? ¿Queso tampoco? ¿Luego? Ya verás... verás cómo te entra hambre, ja, ja, ja. De eso me encargaré yo. Yo sí estoy hambriento. Me voy a pedir un *Wienerschnitzel*. ¿No quieres un *Wienerschnitzel*? Pobrecita, no tienes hambre. Es terrible que te traten tan mal, incluso hacen que se te quite el apetito. Oh, qué cruel es el ser humano. Las personas deberían ser buenas las unas con las otras, desde luego. Entonces no habría guerra. Pero, Dios, qué hambre tengo, ¿no viene esa ceporra ya? Ah, *herein!* Nah, señorita, ¿sería tan amable de traerme un *Wienerschnitzel*? No, no, no, sólo uno. Un *Wienerschnitzel*, ¿entendido? La señorita no tiene hambre, no quiere. Gracias, y con bien de salsa y patatas. Aaah, me va a sentar de maravilla. En este país preparáis una salsa espléndida. Todavía no te has terminado la copa, mira, bebe. Sí, vas a... Vaya, te he manchado el vestido, oh no, no, ese vestido tan bonito, ay, qué pena. Qué torpe. No te preocupes, te regalaré otro. Escucha, creo que conseguiré quitar la mancha. Tendría que estar aquí mi esposa, se le dan muy bien las manchas. No, no llores, seguro que consigo quitarla, el vestido quedará como nuevo, nadie se dará cuenta. *Herein!* Gracias, señorita, déjelo allí. Aaah, qué bien huele. Qué delicia. ¿De verdad no quieres una rebanada de pan? Mi niña. Dios, cuánto te quiero. ¿Y coliflor?, eso no está mal para esta época del año. Hecho en su justa medida, ni mi mujer podría superar esto. ¡Salud, cariñito! No, ¡sonríeme! Soy un hombre feliz, me amas, me amas, ¡me amas! No entiendo que tu padre haya sido tan cruel. Ajá, sí, ya lo creo, seguro que es un noruego de pro. Bien podría ser que acabáramos siendo los mejores amigos del mundo, ¿no es extraño que me odie así? ¿No somos todos seres humanos? Sí, escúchame, ésa es la solución: todos somos seres humanos, deberíamos amarnos los unos a los otros. Esta guerra es absurda. Yo amo a todos los seres humanos. ¡Los malditos ingleses! Son ellos los que quieren esta guerra, ¿sabes? Hmmm, qué carne más tierna. Sí, porque son una nación de judíos y capitalistas. Los judíos son la ocurrencia más sucia que el Señor haya tenido jamás. No, no vamos a hablar de ellos, es algo de lo que tú no entiendes. Alguna vez lo verás desde mi perspectiva. Cuando hayamos triunfado, entenderéis la lucha de Alemania. Me encanta que seas tan noruega. Hace que tu amor sea todavía más valioso para mí. ¿Cómo iba esa adorable cabecita tuya a albergar algo así como la política? Esas supuestas opiniones que tienes de ninguna manera las has concebido tú misma, las has aprendido, rezuman propaganda inglesa. Y ¿en qué momento una joven como tú se habría puesto a pensar en qué opina sobre geopolítica? Ricura, nenita maravillosa. Te buscaremos un apartamento. Un apartamentito mono y cálido al que no irá nadie más que tú y yo. Un lugar donde no existan ni noruegos ni alemanes, sólo dos seres humanos, ja, ja. No tengas miedo, te daré dinero para que comas todos los días, además, tú tampoco eres muy de comer, ¿no? Es evidente que bajo ningún concepto te dejaré sola con tu destino, confía en mí, gatita. Lo sacrificaría todo por ti, lo sabes. No te echarán del instituto, que lo intenten. Bueno, si tú misma quieres dejarlo eso ya sería otra cosa. Entonces quizá podrías buscar algún trabajo, yo te puedo conseguir uno si quieres. Sí, por supuesto, será para la *Wehrmacht*. Pero pagan bien, recuérdalo. Así nos podríamos permitir un apartamentito muy bonito. Y serías como una esposa de verdad para mí. Pamplinas, me encantaría casarme contigo. Te amo, jamás he amado a nadie más que a ti. Pues sí, eh, hum. Era joven, creí que la amaba. Fue un error. Palabra de honor, aquello ya no es un matrimonio. Pues sí, ella es un ser humano excelente, pero no la amo. Sólo te amo a ti. Sólo a ti. Por ti puedo sacrificarlo todo. Estoy pensando en serio en divorciarme, veremos qué pasa cuando acabe la guerra. Eso no lo haría por nadie más que por ti. Dios, qué maravilloso sería estar casado contigo. Te amo, no sólo porque seas una muchacha increíble, sino porque tienes un alma sublime. Te amo con un amor divino, un amor espiritual. Que jamás puede morir. Santo cielo, menuda salsa, ¿seguro que no quieres probarla? Cariño, ¿de verdad que no quieres probar un poquito? Yo ya no puedo más, me pusieron demasiada salsa y patatas. Aquí hay un trocito de coliflor también. Sería una pena enviarlo de vuelta. Tengo que pagar por todo igualmente. No, de ninguna manera se puede tirar, será mejor que me afloje un poco el cinturón. ¿Seguro que no quieres? Bueno, bueno, tesoro, mi cariñito, qué te pasa ahora. ¿No te encuentras bien hoy, es eso? Ay, mi dulce mujercita, te encuentras mal. Entonces, ¿qué es? No estarás… No, eso no sería factible, estoy casi seguro. Me lo tienes que contar enseguida, si en algún momento notas algo así, ¿me oyes? En ese caso deberíamos informar a la Comandancia de la ciudad enseguida. Ellos asumen la responsabilidad en estos casos en los que… sí, ya sabes, sería muy vergonzoso para mí como oficial. Puh, ahora estoy llenísimo. Pero adónde vas, *halte!*, ¿para qué quieres el abrigo? Gracias, pero eso no funciona, ja, ja, ja, ya te tengo, entiendo que quieres provocarme. Estás para comerte cuando te resistes así. No, escúchame, qué tontería es ésta. ¿Voy a tener que pelearme contigo? Oh, qué bromista eres. Ven, cariño, ya no te voy a ignorar más. Tranquila, tranquila, no, escúchame tú, en serio. De qué sirve ponerse a llorar. Me estoy hartando. ¡Parece que eres completamente infeliz a mi lado, estando conmigo! Pues, de verdad. Ahí tienes tu abrigo. Adelante. Eres libre. Sólo quiero una explicación. ¿Ahora? ¿No dices nada? Pues exijo una explicación. Mira, mira. No te gusta el uniforme. ¡Ja, ja, ja, ja! Me lo puedo quitar. No, ¡basta ya! Esto me interesa, mi estimada señorita. Es tremendamente interesante. Porque, que yo sepa, nunca antes has tenido nada en contra del uniforme.

Al menos no cuando era yo quien lo llevaba, ¡ja, ja, ja, ja! Lo lamento, jovencita, la puerta está cerrada. Sí, y la llave la tengo yo aquí, me permití cogerla cuando decidiste pelearte conmigo. Porque aún no he acabado, no acepto esa excusa del uniforme. Por cierto, ha tenido hasta gracia, ¡ja, ja, ja! ¡Bah! O sea que ahora te has dado cuenta de que soy alemán. Muy singular, querida, pues en ningún momento he fingido ser británico. Por Dios, no puedo tomarte en serio, eres tan mona cuando te asustas... Vaya, de repente me he convertido en el coco alemán para ti. ¿Te han sentado mal los bombones? Los bombones que sacrifiqué por ti, que te di para hacerte feliz, aunque en principio los hubiese comprado para mi esposa. Pues no, no te molestes en intentar abrir la puerta hasta que a mí me venga bien. Sin duda, podrás marcharte, pero yo exijo una explicación, no tolero los cambios de humor femeninos. No pienso seguir aguantando tus ofensas. Has insultado mi nación muchas veces, nunca me lo he tomado en serio, porque no eras más que una gansita dulce y tontita. Pero ahora me has ofendido personalmente, has ofendido mi honor como alemán y oficial. *Achtung, gnädiges Fräulein!* No lo pienso tolerar. Después de todo lo que he hecho por ti, lo más razonable sería denunciarte, denunciarte por tu actitud provocadora. En plena embriaguez, en pleno enamoramiento juvenil, has conservado tu postura hostil hacia mi nación. *Achtung!* No deberías olvidar que soy alemán, en cuerpo y alma. Así que he compartido mi cama con el enemigo... Sin embargo, soy lo suficiente generoso como para dejarte marchar libremente, eres demasiado inofensiva, demasiado insignificante para ser castigada. Aunque, después de su desvergonzado comportamiento contra mí, es evidente que he acabado con usted. Oh, eso no quita que te desee, aquí y en este preciso momento. Te tomaría aquí y ahora, en contra de tu voluntad. No me apetece. Téngalo en cuenta: no me apetece. Aquí están sus guantes, joven, no los olvide. Puede ir adonde le plazca, puede regresar a casa de sus padres y disculparse. Lo más probable es que no la reciban bien. Bastante razonable, no querrán saber nada de una hija que se acuesta con el enemigo. Yo tampoco querría saber nada. En Alemania a eso lo denominamos traición a la patria. Ardo en deseos de saber dónde piensa meterse ahora. Sus amigas, esas que le han retirado el saludo, la recibirán con los brazos abiertos, ¿verdad? ¡Ja, ja, ja! Quizá tenga usted un amigo noruego que la reciba agradecido cuando vuelva de estar con su amante alemán. Dios, ahora sí que das pena, qué miserable, es la escena más divertida que he visto. No llores con tanta histeria, eso no queda muy decoroso en plena calle. Aquí tienes la llave. Con gusto le abriré la puerta. Adelante, adelante, su majestad, vía libre, ¡ah, vaya! ¿Ahora vacila? Debe tomar una decisión, estimada señorita, ya no deseo su presencia. Me atrevo a pedirle que se controle un poco, no soy el único huésped del hotel. ¿Quiso decir? ¡Quiso decir! Juro por Dios que no me interesa en absoluto saber lo que quiso decir o no, me ha ofendido. Váyase, no, suélteme ya. Esto me resulta muy tedioso. Se le ha caído el guante, beso el polvo y se lo entrego, como un último gesto. Le ofrezco una puerta abierta de par en par y mi más respetuosa despedida. ¿Cómo? Ni hablar. Shhh, no tan alto, suéltame. ¡No hables tan alto, mujer! De ninguna manera, ¿amor? Ja, ja ja, ¿qué sabrá su excelencia del amor? Mi amor lo ha matado usted. Sí, lo ha asesinado. Pero yo no soy vengativo, quiero lo mejor para usted y le doy un consejo: cuídese de la Marina. Sea quien sea el que tenga el honor de protegerla en el futuro, mejor que no sea marinero, son hombres malos, se arriesga a contraer enfermedades o a algo peor. No. ¡No! Tras semejante ofensa... No, escúcheme a mí, sí que voy a cerrar la puerta, podrían pensar que te estoy maltratando. Pues no, levántate ya, suéltame la pierna. Dios mío, no eres más que una miserable niñata que cae rendida de rodillas. Así, sí, levántate, oh, Dios mío, estás para comerte, te perdono, no tengo más remedio que perdonarte, mi cielo, mi cielo. Ya lo sabía yo. Lo sabía. No te irás de mi lado, jamás volverás a alejarte de mí. Claro que te amo, gatita. Ay, claro que hay otras personas a las que les importas. Ese *Feldwebel* de la oficina de prensa está loco por ti, sólo espera a que yo termine contigo para tener una oportunidad. Tranquila, no llores más. Te beso, beso, beso todas esas lágrimas, Dios, qué rica estás, sí ven, ven...

DETRÁS DEL ARMARIO, EL HACHA

Dentro del dormitorio, el pequeño Per llora, y su nuera le habla con dulzura. El tranvía retumba en la calle. Coches, el repiqueteo de los cascos de los caballos. El crepúsculo se asoma desde los rincones y una calma somnolienta se cierne sobre la salita de estar.

En el piso de abajo alguien practica con el piano. Halvorsen aparta la manta a un lado y se incorpora apoyándose en un codo y reposando el rostro en la mano. Sus ojos, abiertos como platos, irradian un brillo fosforescente, como si no se hubieran cerrado jamás.

Las oscuras e inquietantes notas musicales del piso inferior destilan lucha y añoranza, se trata del último movimiento de *Appassionata*. En realidad, Halvorsen no entiende gran cosa de música, pero ama esta sonata, que conoce de la radio. Sobre todo este último movimiento. En este preciso instante se apodera de él, le templa, le ofrece una mano poderosa. No se cansa de seguir esos ensayos, los pasajes que se repiten cientos de veces.

De repente, la música se detiene en medio de una colérica disonancia, el silencio se cuela dolorosamente en el tuétano de sus huesos. Sí, el que ensaya abajo suele llegar hasta ahí, enseguida regresará al punto de partida, ay, ojalá vuelva a empezar. En el cuarto del niño no se escucha nada. Los pasajes se diseminan con cautela sobre la quietud, crecen, ascienden, ondulan y bullen, le llaman…

Le alivia, le alivia. Entrecierra los ojos, inclina la cabeza hacia delante. La música se entrevera irresistible y delicadamente con sus nervios atormentados. Se aparta de él, desvaneciéndose en un melancólico murmullo distante.

Alza la cabeza, las notas le inundan los tímpanos, espumean iracundas.

No te duermas. El sueño es veneno. Su sueño es un terror eternamente recurrente, un constante punto álgido de angustia. La música se detiene, es como si una cuerda se rompiese en su interior. Baja las piernas del sofá y se incorpora para sentarse, cubriéndose la frente con las manos. Está empapado en sudor y tirita de frío. Dios mío, estoy enfermo. Estoy enfermando. Se seca la humedad del rostro y se lamenta un poco, ay Dios, ay Dios.

La música se ha detenido. Abajo se oye un portazo. El *allegro* sigue bullendo en su sangre mientras el silencio arrasa el apartamento.

Sentado, boquiabierto, escucha la melodía en su interior. Se para con una disonancia, un vertiginoso dolor en el cerebro. Empieza desde el principio… ¡es delirante! En un momento reventará como la cuerda de un arco.

Febrilmente, saca los zapatos de debajo del sofá y se los pone. Desde la cocina le llega el tintineo de los platos, una olla se llena de agua con un chisporroteo quejumbroso, las cañerías gorgotean cuando se cierra el grifo. Cada sonido del apartamento le araña los nervios desollados. Se ha hecho de noche. La superficie de cobre de la mesa de fumar arde incandescente como un ojo malvado. La puerta de la cocina se abre, él se ata el cordón del zapato con movimientos impetuosos. No alza la mirada cuando su nuera aparece en la puerta.

Es mejor que echemos ya la cortina opaca. ¿No quieres que encienda la luz? ¿Es que vas a marcharte ahora?

Él se ha levantado, se pone la chaqueta. Ella insiste.

Acabo de preparar algo de cena. Creí que te quedarías conmigo. Íbamos a comer gambas, ¿recuerdas?

Él mira por la ventana, clava los ojos en el edificio gris de hormigón de enfrente, que la oscuridad, cada vez más densa, va borrando poco a poco. Ay, Dios, va a ponerse a hablar otra vez, enseguida empezará a nombrar a Dios o a Jesucristo, o a Per.

No obstante, ella no dice nada, se ha dejado caer junto a la mesa del comedor y apoya la cabeza en ambas manos, el mantel que iba a poner cuelga de su brazo.

Se queda sentada y abatida en la penumbra, con la cabeza apoyada en las manos. Le tiene miedo, no comprende a su suegro. Por muy amable que sea. Por muy calmado que esté. Se comporta con bastante normalidad, eso es cierto, más o menos igual que antes. Sin embargo, no es como antes. Es aún más taciturno, y los ojos… los ojos. Hay algo en ellos que la asusta. Como si se olvidara de parpadear. Ella misma lo mira fijamente cuando él la mira así. Lo nota tan distante… De ella, que tanto lo necesita. Por lo demás es normal, suele traer gambas o latas de conserva, alguna que otra cosa rica que consigue. Sólo charla sobre temas cotidianos, sobre un nuevo cupón de queso o lo difícil que resulta conseguir hilo. Que se aburre de remendar ropa vieja, y que le gustaría volver a confeccionar trajes con telas nuevas. Así habla, simplemente.

Pero ella lo ha visto dormir.

Cuando se echa la siesta en el sofá, ella lo mira y ve a un extraño, un rostro atormentado, cuajado de desazón, deformado por el dolor. El sufrimiento le otorga un aspecto malvado. Entonces ella, angustiada, lo despierta, y los globos oculares se le mueven bajo los párpados, despacio; él gime, como alguien que hubiera traspasado las puertas del infierno.

Ella ha dejado el mantel doblado en la mesa y lo alisa con la mano. Halvorsen echa un vistazo al reloj, entorna los ojos para vislumbrar las agujas en la penumbra que se cuela por la ventana. Una camioneta que lleva algún tipo de varas de hierro traquetea en la calle, su peso resuena en los adoquines. Dos tranvías se cruzan en una disonancia abismal. Es de noche, pero la jornada laboral tiene un ritmo extraño, lo percibe como la hoja de un cuchillo en la coronilla.

Y ahí está, escucha el suspiro de su nuera, que sigue sentada a la mesa alisando sin parar vaya usted a saber qué, ahora habla con esa voz ronca que hace que él se encoja.

Deberías quedarte tranquilo, padre, no deambular tanto de acá para allá. No te conviene.

Halvorsen contiene la respiración.

Reza. No hallas reposo porque aún no has encontrado el camino de Dios. Si rezaras…

Él gira la pipa entre las manos, sus nudillos palidecen. Si no se calla, la mataré. Si no se calla ya… Sus palabras se le clavan como punzadas heladas que descienden desde el cerebro hacia la nuca. Si fuera consciente de cuánto le atormenta, guardaría silencio. Oh, Dios, esa voz ronca. Ese rostro eternamente enardecido, congestionado por el llanto, un llanto que no cesa. ¿¡Acaso no puede callarse?! Para ella, para las personas como ella, carece de importancia. Ella tiene a Dios, y al niño. Y luego tiene sus lágrimas, puede gritar y llorar y hablar de Dios y de amar a sus enemigos. Si supiera cuánto la odia cada vez que dice «ama a tus enemigos», se callaría. Oh, si hubiera entendido algo, se habría callado, callado, callado…

Ella está de pie a su lado, tal vez lleve mucho tiempo ahí, le acaricia el hombro.

Sabes que de verdad quiero hacer que te sientas lo mejor posible. Eres tan bueno conmigo, con nosotros, conmigo y con el niño… Tenemos que seguir unidos, tú y yo, pues él no tenía a nadie más. Nos quería. Si Per…

Halvorsen se deshace de su mano. Tiene la boca seca, los labios trémulos por la tensión, le resulta difícil ocultar su enojo.

Será mejor que no hablemos de Per.

Le cuesta soportar sus lamentos. Así es, pobre Gjertrud. Ya se ha retirado a la penumbra, ha escondido la mitad de su cuerpo tras él y ocultará algo, esperará hasta disimular el llanto para tomar la palabra de nuevo.

Es que me pesa la soledad, ¿sabes? Todavía, susurra.

En efecto, eso es. Es precisamente esta soledad suya la que él no puede soportar. Este grito vacío en el apartamento, en el hogar de ella y de Per. Sin embargo, ¡ella tiene a Dios! ¿O no? ¿No es mil veces más desesperanzadora su propia soledad, que carece de consuelo y descanso, que no resiste testigos? No, porque la suya es como la eternidad... Nadie, ningún ser humano, alcanza a comprenderla.

La cerradura de la entrada emite un chasquido tras él, que carga sobre su conciencia con la sombra de una mujer llorando, le pesa como un lastre. En realidad, no le da pena, es una mujer víctima del destino, llora y reza y lo acepta. No entiende que Dios se está riendo de ella, ¡sentado ahí arriba, en el cielo, riéndose de ella! Si es que existe...

Porque no tiene sentido que uno acepte su destino. No cuando es injusto. Eso ella no lo entiende. Las mujeres no entienden esas cosas, carecen de sentido de la justicia. Son incapaces de entender que un hombre vague como un proscrito en su propio infierno abismal hasta que una injusticia se repara.

No existe ninguna justicia sin Dios, rezan por lo visto las Escrituras. Pero ¿existe un Dios sin justicia? Pobre Gjertrud.

Camina con la mirada gacha, fija en los adoquines, el asfalto está húmedo, resplandece indolentemente. Alza la vista y no sabe muy bien dónde se encuentra, está oscuro, las ciegas farolas azuladas velan la oscuridad otorgándole al mundo un aire etéreo. Siente un leve vértigo, como si hubiese perdido sus pensamientos durante un instante y los hubiese hallado, diferentes, en otro lugar.

Lo sucedido se le revela con amarga claridad, inspira entre dientes con un dolor sordo y libre de lágrimas. Per, ay, Per. Se me quedó algo por decirte, ya he perdido la oportunidad para siempre. Oh, había algo que de verdad anhelaba decirte, me gustaría que supieras que al final supe por qué luchabas. Al principio no comprendí lo que pretendías conseguir inmiscuyéndote en la guerra civil de un pueblo ajeno, lo consideré un capricho infantil.

Ahora lo entiendo.

Y luego regresaste del cautiverio, a casa, a un país invadido por fuerzas militares. En el que te encerraron. Oh, sí... Qué gentiles... *Bedauere sehr mein Herr. Bedauere sehr!*

Ja, ja, ja... *Bedauere sehr.*

De repente se detiene, aguza el oído. ¿Acaso no ha oído una voz, una risa? ¿La suya propia? No, no puede haber sido él, carraspea y percibe el sonido virgen de su voz, aunque un educado gesto irónico ha acompañado sus pensamientos, en efecto, eso es —*bedauere sehr*—, ha desempeñado un papel silencioso y ha ejecutado una reverencia sarcástica para sí mismo, se ha inclinado como un gallo ante sus solitarias reflexiones. Bueno, bueno, ya está.

Vaya, un coche de caballos. El cochero dormita envuelto en un enorme abrigo. En alguna parte, en un altavoz, ruge una voz cultivada con acento de Bergen acompañada de un ruido metálico atronador.

HOY SOMOS UN PUEBLO UNIDO, PREPARADO PARA LA LUCHA POR NUESTRA LIBERTAD NACIONAL Y CRACRACRRRRQUAQUA BK BK CRRRA LA VICTORIA DE LA RAZA NÓRDICA SOBRE LA SANGRIENTA IMPIEDAD Y ANARQUÍA DEL PUEBLO BÁRBARO HMP HMP QUAQRRR SHRRR, BRRR RQUA JUDÍOS BK BK SSSS JUDÍOS HMP KRRRACRCRACRRA CRRATSCH NUESTRO LIDER VIDKUN QUISLING. ¡SALUD Y DICHA[12]!

Música de banda de viento. Voraz, se extiende por los barrios violando el silencio, berrea y pisotea, dando estruendosos tumbos. Escucha el silencio, un silencio que agacha la mirada hacia la tierra con profunda vergüenza, un silencio que se doblega bajo la penumbra de la tonalidad azul del estado de emergencia.

Un coche, un pequeño vehículo de la Wehrmacht, pasa a su lado con un gruñido. Durante un instante, ilumina la figura de Halvorsen, esculpida en piedra, su corpulento rostro recuerda a una máscara mortuoria. Su labio inferior se ha arqueado en un gesto amargo; en los ojos, inmóviles, brilla un resplandor fosforescente.

Acto seguido sube al asiento trasero del coche de caballos, lléveme adonde quiera. Va dando tumbos al ritmo del traqueteo, las ruedas heladas crepitan al avanzar por la polvorienta calle. Los tranvías se cruzan con ellos. Tiene la sensación de estar retrocediendo. La tecnología pasa

[12] En noruego, *Heil og sæl!*: un antiguo saludo nórdico que, durante la Segunda Guerra Mundial, fue adoptado por el partido nazi noruego, Nasjonal Samling, como equivalente noruego del *Heil Hitler*.

de largo con un aullido de sirenas. El coche de caballos lo mece hacia el interior de la ciudad, la carrocería cruje ligeramente. Las herraduras repiquetean en el asfalto. Se recuesta e intenta relajarse, mañana trataré de conseguirle algunos huevos a Gjertrud. Las casas duermen. Las ruedas chirrían, el asiento tiembla. Verás, Gjertrud, esto no lo entenderás jamás. Para ti sólo existe Per. Y lloras por esa única persona. Eso es lo que no alcanzas a ver, que incluso en el momento en que se marchó, ya no era tu esposo, ni mi hijo, no era una simple persona. Era una célula de un cuerpo. Todos somos células del mismo cuerpo. Así es, esto no trata de Per ni de ti ni de mí. Él sí que no lloró, vaya. Ha mirado a los ojos a la muerte. Y yo no encuentro paz, no, no quiero paz, antes de haber mirado a la muerte en los ojos de su asesino. Pensarás que estoy perturbado. Porque tú no lo ves, no ves que todos y cada uno de ellos son el asesino de Per. ¡Todos y cada uno!

Qué buen coche, su runrún le transmite una dulce tranquilidad. Los pensamientos se adormecen, se mezclan unos con otros. Ésta debe de ser la calle de Halvdan Svarte. Hay un muro, es lo único que atisba desde debajo de la capota. El sonido de las ruedas se asemeja al de unos disparos contra un muro. Tres hombres ante el paredón, tres hombres jóvenes. Y una salva.

Se incorpora, el sudor se le pega a la nuca. Masculla algo entre dientes.

Cerca de Drammensveien detiene el coche y se baja, paga con un billete cualquiera. Camina hacia el centro sin mirar alrededor, seguido de los agradecimientos vivaces del cochero. Junto a una parada del tranvía vislumbra unas figuras difusas que aguardan. El tranvía que se acerca es el suyo. Sí, ¿por qué no? Mejor se va a casa.

Es afortunado, ha encontrado sitio. Coloca la mano en el respaldo de enfrente y apoya el mentón en ella. Los oídos le zumban al compás del tranvía. Hay algo despiadado en este traqueteo, en la celeridad. La maldición de la tecnología.

En una curva da algunas sacudidas, y el mentón se le resbala, es uno de los últimos tranvías y tiene prisa. A su lado, alguien se tambalea, apenas distingue la chaqueta bajo el ala del sombrero. Tiene pinta de chaqueta de uniforme.

Vaya, sí, es uno de ellos. Uno de los culpables. El culpable.

Cierra los ojos con un lento suspiro, aprieta el puño y alza la cabeza. Le asaltan las náuseas. En alguna parte de su interior siente un escalofrío, nota la ropa húmeda. Rezuma pena y odio, que se adhieren a él. Clava la vista en el cristal tintado, no quiere mirarlo a él, a él. Halvorsen, piensa con calma. Actuar no es tan fácil. Requiere fuerzas.

Sí, y oportunidad, una oportunidad. ¿Son esto nervios, es una enfermedad? Pues no, son miles de asesinados, a diario. Miles de asesinados, no es cuestión de locura, está permitido, es una guerra. Ahora bien, es una lucha abierta, una lucha mutua…

No, escucha, no nos pongamos sentimentales. Piensa. Uno sufre de una digestión desordenada, diversos problemas del estómago, y la comida le resulta insípida. Y el sueño es cruel, uno llega a temer su propia cama. Ahora bien, cuando está despejado, sabe lo que hace. Sabe lo que quiere, tiene un plan muy claro, ¿verdad?

A alguno lo sacan de su cama al alba y lo encierran. *Bedauere sehr, mein Herr.* Una mañana le colocan contra un paredón. La condena ha sido consumada. ¿Qué condena? Bueno, eso se puede leer en el periódico.

Un joven regresa tras haber estado cautivo en España. Vuelve a casa por primera vez después de la guerra. En casa bajo vigilancia. Dentro de un coche bajo vigilancia. Bajo custodia. *Bedauere sehr, mein Herr,* un poco de seguridad. *Bedauere…*

Una ráfaga de disparos frente al paredón antes del canto del gallo. Condenado por una u otra actividad. Sabotaje, comunismo… El hábito no hace al monje.

Y aquí no hay inquietud alguna, los caballeros no vacilan. Los misericordiosos señores hacen bien la digestión y duermen de maravilla. La locura está permitida: es la guerra.

En tal caso, el asunto está claro, ¿no?

Su mente ha recobrado la lucidez, una fina y afilada calma se cierne sobre él. El tranvía se detiene en una parada y vuelve a ponerse en marcha.

Entonces un individuo desencajado se tambalea junto a Halvorsen. El hedor a alcohol y a vómito lo envuelve.

¡Oh! *Verzeihung. Es war wirklich… hupp!*

Maldita sea. Halvorsen contempla sus manos con mirada lúgubre.

Ich versichere Ihnen, mein Herr. Eh, hmmm. Ni siquiera le ha cambiado aún la voz. Demasiado joven. Halvorsen alza la vista. Sus ojos se detienen en ese rostro, un rostro ridículamente juvenil. Espinillas en la frente. Una barba incipiente en el mentón redondeado de un niño. La gente sonríe ante la escena, algo de esa misma sonrisa se desliza como una sombra por el rostro de Halvorsen.

Dios mío, resulta que el imbécil también se ríe, sí, estúpido, entrometido, se mece de un lado a otro en su embriaguez sin comprender para nada los matices: no comprende que una sonrisa puede albergar odio y desprecio, que puede significar burla y desdén. No, una sonrisa es una sonrisa, y él sonríe de nuevo. ¡Je, je! Ríe entusiasmado. Se bambolea de un lado a otro, debe de ser su primera borrachera. Le toma cariño a Halvorsen y se dirige a él. *Ja-ah, ni't Wa-ahr? Die zwei letzten Schnäpse... die... die war'n genau zu viel, ja-ja-ja, ni't Wa-ahr?* Mira a su alrededor, dispuesto a reírse con su público. Tiene los ojos azules.

Le da la espalda a Halvorsen. Una nuca joven que se le antoja desagradable, molesta. Una nuca de muchacho. Su primera, primerísima borrachera. Halvorsen no puede evitarlo, sonríe. Para él es un piojo al que hay que aplastar, un vástago del pueblo, carroña. Pobrecito. Pobre, pues sí. Nada que hacer al respecto, hay algo jodidamente humano en la primera borrachera de un joven. Algo dulce, un atenuante.

Vale, gracias, está bien, está bien, tampoco nos pongamos sentimentales. Todos fueron testigos de la primera noche de borrachera de su hijo, era joven, inmaduro, cómico y vulnerable, y la mala conciencia le brillaba hasta en los granos de la frente. Uno llora y se ríe por dentro, pero no se pone sentimental, joder. No, sentimental no, todo lo contrario. *Ich bedauere sehr, meine Herren*, je, je, pero no somos alemanes, no somos tan sensibleros. Nuestra demanda es muy clara: un grito mudo de justicia.

El joven soldado pierde pie y se desploma hacia delante con el trasero en el aire, acaba a cuatro patas y se le cae la gorra. Agita las manos frenéticamente tras ella, que aterriza a los pies de Halvorsen, y no logra encontrarla. *Oh! Meine Mütze. Meine Mütze, meine Mütze!*

Sin duda, el muchacho está al borde del llanto. Pero ahí se puede quedar la gorra, se lo tiene más que merecido. En su voz ceceante se distingue la angustia del castigo disciplinar que le impondrán. *Meine Mütze, oh!* En las risas que le rodean se escucha un atisbo de complacencia, su terror resulta tan cómico y él tan confiado e inocente como un cachorro. Halvorsen se agacha, tiene la gorra en la mano, se la entrega titubeante a ese ser inestable. *Oh! Danke, danke. Vielen Dank. Meine Mütze*, je, je, ríe el joven con alegría. Sin embargo, Halvorsen mira al frente. Ahora todos miran al frente. Con lo simpáticos que estaban hace un momento... Se pone la gorra con dificultad, se la quita e intenta resolver el misterio, y al fin consigue colocársela de lado, como dicta el reglamento, la gorra de bufón. Nadie parece querer intercambiar ninguna cortesía con él. Pero ese señor tan amable que recogió su gorra...

Una mano aparece repentinamente delante de los ojos de Halvorsen, abierta como si le fuera a abofetear. Éste la contempla desorientado, esa mano fina y nervuda de muchacho ante sus ojos. A la espera. Su propia mano tiembla.

La del muchacho espera, abierta. Sus ojos azules le sonríen expectantes.

Y entonces lo hace, aprieta la mano del joven con sus dedos firmes, agitándola arriba y abajo. A pesar de todo, resulta demasiado cómico, no puede evitar sonreír. En cuanto lo suelta, lanza una mirada furtiva a la palma de la suya, como si esperase descubrir un terrible sarpullido tras el apretón de esa cría de rata.

Oh, sí, las ratas también resultan graciosas y conmovedoras cuando son pequeñas.

No obstante, el chaval destila camaradería. El tranvía traquetea y se agita, deslizándose por los raíles. Ya no queda amabilidad alguna en los rostros de los pasajeros. El muchacho, solo y tambaleante, arde en ganas de socializar. En el cuartel le espera el castigo por haberse escapado a echar un trago, más vale exprimir cada gota de la *Gemütlichkeit* de la noche. Decidido, vuelve a extender su mano abierta hacia Halvorsen, con los hombros en posición de firmes.

Esta vez Halvorsen le ignora. Se inclina hacia delante, ni siquiera le mira.

Bedauere sehr, ja, todavía nos queda gente con un par en Noruega, joven. Su injustificable descuido le exaspera. No, de ninguna manera estrecharé la mano de los asesinos de mi hijo.

Al fin, la mano del soldado, insegura, desciende. La mirada de Halvorsen ha adquirido un cierto brillo burlón. Fuerzas salvajes bullen en su interior, se mueve un poco, echa un vistazo furtivo al joven.

Vaya, al parecer ha dado por imposibles a los pasajeros noruegos. ¿Qué se había pensado? La estupidez tiene sus límites. Incluso la alemana. Se va, pues sí, se ha colocado al fondo del todo. Humilde y discreto. Incluso eso se podría haber hecho provocando. Ahí está ahora, con aire de mártir silencioso, lanzando un llamamiento mudo... *Schauen Sie mal, meinen Herrschaften, wie tachtvoll ich bin...*

El tranvía se ha detenido en una parada. Hay algo de bulla atrás, voces furiosas, un caballero blasfema sin tapujos. Pues sí, el soldado se ha derrumbado como un guiñapo y está vomitando, ha manchado un abrigo noruego. La rabia compartida por todos los presentes es como una redención. Joder, ¡menudo cerdo! Ahora está ahí tirado, apoyado en la puerta sin emitir sonido alguno, se le ve más bien sorprendido. El trasero en el hueco, las piernas torcidas en los escalones. ¡Lamentable!

Rápido como un rayo, un caballero abre la puerta; Halvorsen se da cuenta de que su espalda se arquea con una rabia despiadada. El tranvía se pone en marcha antes de que la puerta se cierre de golpe. Un par de ojos centellean vagamente asombrados...

Ya no hay ningún alemán apoyado en la puerta.

Risas, comentarios. ¡Tira de la cadena y la mierda desaparecerá! Eso es justo lo que se merecen esos cerdos. Todo el mundo está de acuerdo, es maravilloso, joder, un pueblo orgulloso en el tranvía. Aquí todo el mundo está de acuerdo, aquí uno puede decir lo que quiera. Y alguien proclama: ¡Lástima que el tranvía no estuviera en marcha!

Murmullos de aprobación. ¡Lástima que el tranvía no estuviera en marcha!

El espíritu colectivo. El espíritu patriótico. La indignación satisfecha de Halvorsen se ve perturbada por una inquietud nauseabunda, como si se hubiese olvidado de algo. Oh, no, no es preocupación por el idiota que se ha caído de espaldas en los oscuros raíles del tranvía, Dios sabe que se lo tenía bien merecido. No, pero ¿qué es esto? El temblor en las puntas de sus dedos demuestra su inquietud.

El espíritu, el espíritu colectivo. Lo ha visto antes. En Hamburgo, en el verano de 1934.

Pero, diablos, no puede ser lo mismo, ¿no? Ese mismo espíritu, en aquel entonces, sólo le inspiró desprecio y repulsión... Vaya bobadas, hombre. No se puede comparar, ¡sabe Dios que no!

No obstante, aquel lejano episodio se le ha quedado clavado como una sierra desafilada.

Fue en un parque. Per y él se habían sentado en un banco. Un anciano se acercó arrastrando los pies y se sentó en el de enfrente. Podían escuchar su respiración entrecortada desde donde estaban. Les sonrió cuando reparó en que eran extranjeros, una sonrisa triste. Tenía un aliento repugnante y un rostro pálido, amarillento y ajado. Los ojos, grandes y caídos, parecían hundidos bajo los flácidos párpados y, sin embargo, destilaban una tristeza infinita. Tenía el pelo y la barba canos y unas cejas negrísimas y muy pobladas. Llevaba unos zapatos desgastados, aunque lustrosos, y un abrigo bueno y de calidad, algo raído. Intentó decir algo, parecía que estuviera deseando dirigirse a ellos. De repente se agachó con un suspiro, su cara presa de un dolor insoportable, volvió a estirarse, su cabeza cayó hacia atrás y sus rasgos quedaron congelados, rígidos. Se deslizó un poco hacia un lado, con la mandíbula inferior abierta y torcida, los ojos fijos en el vacío. Había muerto.

Per lo tumbó con cuidado en el banco mientras Halvorsen iba a buscar a un guardia o a un agente de policía. Los niños del parque acudieron en masa, curiosos y hambrientos de sensacionalismo.

Halvorsen regresó con un policía. Habían cerrado los ojos del muerto, pero su perilla se erizaba sobre el mentón hundido. La nariz se arqueaba orgullosa desde la frente inclinada.

El policía apenas lanzó una mirada al fallecido.

Der ist Jude.

Oh, qué manera de soltarlo, casi como si fuera una broma... Qué sonrisa de desdén lanzada al aire. Los niños empezaron a dar voces. *Der ist Jude!*

De pronto, una piedra impactó contra el cadáver. Lo alcanzó en la sien con un sonido hueco, y la cabeza cayó hacia un lado.

Es cierto que el policía echó a los pequeños, como lo es que regresó con una sonrisa jovial y maliciosa.

Schade nur, dass der Teufel den so bequem geholt hat.

En aquella ocasión se estremeció, presa de la repulsión.

¿Acaso sigue temblando?

¡La lástima es que el tranvía no estuviera en marcha!

Pero, diablos, ¡alguna diferencia tiene que haber!

Existe una diferencia abismal, por supuesto que la hay.

No obstante, una parte de él ha quedado anclada en la parada anterior, en los oscuros raíles del tranvía. En el momento en que éste se pone en marcha, se incorpora, tira desesperadamente del cordón de parada. Consigue salir, se quita el sombrero y se seca el sudor de la frente. Baja a toda prisa por la calle desierta. Aquí fue. No hay nadie en los raíles.

Ah, gracias a Dios, ahí está, junto a la valla, vomitando. No, en realidad está llorando.

Gracias a Dios. ¿Ha dicho gracias a Dios? ¡Madre mía!

El miserable llora desvergonzadamente como un niño. Vaya, tiene sangre en la nuca, ha debido de darse un golpetazo en la cabeza. Lleva el pantalón desgarrado de arriba abajo. Al menos una semana de severa instrucción, y nada de tabaco, *o Weih o Weih! Mutti, oh*. Y está tan, tan enfermo… *Mutti, Mutti*.

Llama a su madre. O sea, que tiene una madre, vaya. Halvorsen, en tono agradable y confiado, le pregunta si sus padres están en Alemania. No recibe respuesta. *Muttilein*, lloriquea ese despojo. Halvorsen echa un vistazo furtivo a su alrededor: nadie. Absolutamente nadie. Silba muy bajito, fragmentos incomprensibles del *allegro* de la sonata de Beethoven que lleva en la sangre. Está muerto de frío.

El soldado se está secando la nariz con la manga, ha echado a perder toda su ropa. Halvorsen le entrega un pañuelo y le ayuda a limpiarse. El otro no se atreve a ir al cuartel, ¡ayúdeme, buen hombre! Si él supiera los castigos disciplinarios que les imponen, ¡ay! Esta guerra mil veces maldita, él sólo quiere regresar a casa con su madre, con *Muttilein*.

Halvorsen asiente, absorto, y sin interrumpir su silbido, pues vaya. También hubo otro que quiso regresar a casa, con su esposa y con su padre y su hijito, *bedauere sehr*, joven. Una fresca sensación de paz embarga a Halvorsen, como una niebla ambigua que se asienta muy dentro de él, que aguarda en su interior.

Ayúdeme, buen hombre.

Buah, bueno, podrían ir a su casa, es decir, a la de Halvorsen, y veremos lo que se puede hacer. En efecto.

Arrastra los tacones de hierro por la acera. El tipo, agradecido, va charlando con él. Lo sacaron de la escuela para mandarlo a Noruega, *die Norweger waren solche nette Kerle*. Sí, se lo agradezco, je, je. Los noruegos no miran jamás a los soldados alemanes. Habla sin parar. No percibe el silencio concentrado de su interlocutor. No percibe esa peculiar claridad en sus ojos inexpresivos.

El extraño calla a su lado. El uniforme huele a vómito y a lana mohosa. Ahora el muchacho ha empezado a hipar. Halvorsen se ríe en silencio, la bestia camina a su lado sin sospechar nada, y con hipo. ¿No es como si estuviese escuchando la mismísima risa de Nuestro Señor?

Han llegado, Halvorsen abre con la llave, *eintreten bitte*. Las coloridas vidrieras de la escalera proyectan de nuevo la luz azul en una iridiscencia sombría y clandestina, las manchas desconchadas de las paredes marrones parecen cobrar vida. Las letras doradas de la placa de la gran puerta doble centellean vagamente.

P. CHR. HALVORSEN

SASTRE

Halvorsen conduce a su invitado a través de un comedor abarrotado que hace las veces de taller, y que huele a apresto y a polvo, hasta el dormitorio. Es mejor así. Éste se encuentra en mitad del apartamento.

Hay que remendar los pantalones, sí, pero espere un momento, primero debemos examinar la herida en la cabeza. *Platz nehmen, bitte.* Y Halvorsen va a buscar ácido bórico. En la cocina se para a secarse el sudor de la frente, está helado. Y le sobrevienen esos dolores de estómago espasmódicos que le hacen encogerse. Tiene que salir fuera, diablos. No, ahora se le pasan, ya sabe que no hay nada que hacer, son las malditas mierdas que le receta el médico y que están acabando con su estómago. Respira hondo entre dientes en un esfuerzo de voluntad, sus ojos son dos rayas incandescentes. Tranquilo, tranquilo, ya ha pasado, tranquilo.

Saca algo del armario de herramientas. ¡Shhh! Una puerta se abre en la casa. El corazón le ruge como un motor. Bobadas, son los nervios.

Venga, ácido bórico. Le tiembla la mano. Con el mango del hacha habrá menos sangre. No para de temblar.

Carajo. Bebe un vaso de agua. Atento. Nada de disparates ahora. No olvides llevar la botella de ácido bórico a la vista.

En el dormitorio, el tipo está en mangas de camisa y se está quitando los pantalones. Halvorsen se queda un rato de pie con una mano detrás de la espalda, hasta que la indisposición se apacigua. El muchacho parlotea, si lo supiera mi madre. Cuando termine la guerra, le mandaré una carta a usted. Con una fotografía mía. Por fin, se inclina un poco, y en un santiamén Halvorsen se agacha y coloca algo detrás del armario, se escucha un golpecito sordo contra el suelo. El muchacho se gira instintivamente y Halvorsen se pone rígido, pero no, sigue hablando sin sospechar nada. No hay ninguna prisa…

Bueno, la herida. Veamos, no parece más que un rasguño. El chico agacha la cabeza y deja que Halvorsen le inspeccione entre los mechones de pelo. Cabello rubio cenizo, despeinado. Termina en una diminuta punta en la nuca que traza una noble curva sinuosa hacia el cuello estrecho.

Una nuca de muchacho idéntica a…

Halvorsen aprieta las mandíbulas. Precisamente por eso. Precisamente por eso.

Le cura la herida con el ácido bórico, presiona una gasa contra ella. Percibe la firme estructura redondeada de la parte trasera del cráneo bajo sus manos. Un sentimiento de debilidad, como un torrente cálido, sube desde la palma de su mano y brazo arriba, vibrándole en la sangre. Una repentina y desafortunada ternura.

Entonces la rabia se apodera de él, a punto de desbordarle. Se levanta entre resoplidos. El otro le sigue asombrado con los ojos. Será igual. Per también tuvo que mirar a los ojos a su destino.

El joven se incorpora, ¿qué sucede? Se tira en la cama, gimiendo. *Oh Gott, oh Mutti*, está tan enfermo... Sí, como era de prever, está vomitando todas las sábanas, este cerdo, esta rata apestosa. Furioso, Halvorsen lo agarra por los hombros y lo arrastra hasta el cuarto de baño. Sin poder contener las arcadas, el muchacho se dobla y grita. Halvorsen le sujeta de la frente sudorosa para que no se caiga de bruces en el inodoro. Lo limpia con una toalla mojada, recoge la ropa sucia y lo acuesta con un paño húmedo en la frente. Bueno. No corre prisa.

El chaval ha cerrado los ojos. Su boca entreabierta; el rostro, pálido y diminuto. Se ha quedado dormido.

Bueno, la noche es larga.

Y Halvorsen comienza a cepillar el uniforme mecánicamente, eliminando las apestosas manchas con agua templada. Saca los útiles de costura y zurce el desgarrón del pantalón con puntadas meticulosas. Le produce el singular placer del trabajo bien hecho, el pequeño placer del artesano. Al fin, lo alza a la luz: el pespunte resulta imperceptible.

Es incapaz de hacer daño.

Detrás del armario, el hacha.

Las horas pasan imperceptiblemente, el reloj del salón emite un constante y autocomplaciente tictac. El pantalón está terminado. Bosteza.

Entonces oye algo en el cuarto de baño. El murmullo del grifo.

Y ahí está el extraño, con el torso desnudo, echándose agua en la cabeza, el pecho y la espalda.

Halvorsen se pone de pie como un resorte. Vaya, pretende escaparse. Con los ojos clavados en la delicada espalda, retrocede hacia el dormitorio, hacia el armario. El muchacho coge una toalla y se frota con satisfacción. Ya se encuentra mejor, repuesto por completo. Buen hombre, tiene que dejarme que le envíe una fotografía mía. En el hombro, tres cicatrices, largas y arrugadas, que le recorren la espalda. *Schauen Sie mal, die Schweinehunde*, se las dieron por haber roto una radio-linterna en casa del *Oberst*[13]. Aunque no fue su culpa.

Halvorsen se apoya en el respaldo de una silla. Siente su boca extrañamente seca.

Pero algún día le daré una paliza. Antes o después me convertiré en teniente y le daré una paliza. *Donnerwetter Mensch*, ¡mire qué músculos! Pálpelos. Sí, sí, adelante. Son increíbles, ¿no?

¿Habla noruego o alemán? Halvorsen se agarra con más fuerza a la silla. Necesita sentarse. Tiene la respiración entrecortada, como si hubiera librado una cruenta batalla, los latidos de su corazón le taladran los oídos. Está exhausto.

Detrás del armario, el hacha.

[13] *Oberst* es un rango militar que se emplea en varios países de habla alemana y escandinavos, equivalente a coronel.

El soldado se ha vestido y le ha dado de comer. Halvorsen, junto a la mesa, escucha la puerta de la entrada al cerrarse. Los tacones de hierro retumban en la escalera, el sonido se atenúa en la acera, donde se convierte en un soniquete más seco y, al fin, desaparece.

Ya está. Detrás del armario, el hacha.

Halvorsen se inclina sobre la mesa. Una carcajada en el piso superior rompe el silencio, alguien se ríe en sueños. Se le pone la piel de gallina. La risa de los que se ríen en sueños es desagradable, maligna. Y Halvorsen deja caer la cabeza en la mesa. Llora.

Se entrega al llanto amargo y plomizo de un hombre.

PERO EL GERUNDIO SE RÍE

Menos mal que llegó la lluvia. Sí, así de claro lo digo. Esa lluvia que maldecimos cada santísimo día, esa lluvia que hace que las patatas se aferren a la tierra. Porque ya no soporto más la pala, he cavado como una loca la tierra desbrozada. Mi pala ha hecho volar las patatas como una ametralladora, me duele la espalda, los abdominales me están matando y las piernas me arden después de las tres horas que he pasado en la cola esta mañana. Una tortura.

Soy incapaz de quitarme el mono, no me quedan fuerzas ni para lavarme las manos. Me restriego como puedo las manchas más gordas en un barreño y me seco con un saco de tela. Sólo quiero sentarme. Ay, Dios mío, qué gusto, mis pies dentro de unas suaves pantuflas de fieltro frente a la estufa, mi trasero plantado en una silla. Sentarme. Estar sentada. Menos mal que llegó la lluvia. Que llueva. El cansancio me inunda como una locura furiosa, todo me importa un bledo. La recolecta de alimentos, las harapientas medias que me esperan, mis dos hijos hambrientos. El periódico. El mapa. No he movido un alfiler en días. Simplemente, estar sentada. La máquina de escribir preparada, papel en la mesa, ¿y ahora qué, querida Tob? ¿Un cuento? La anciana esa, sí, la que tenía el trasero clavado en mi estómago hoy en la cola. Si no hubiera podido apoyarme en ese trasero, habría acabado gritando. Antes o después habría gritado, y habrían descubierto que estoy loca. Pero primero habría escrito un cuento sobre ella. Eso también ayudaba un poco, mientras estaba de pie me inventaba cuentos sobre los héroes que hacen cola, héroes sin alegría, sin aventuras, sin consuelo. Dios mío, no tengo cigarrillos, los necesito, suponen tres cuartas partes de mi capacidad de escritura. Mis bolsillos están del revés en el armario y, en la entrada, no queda más calderilla. Hay ceniza alrededor de la estufa, he estado rebuscando en el cajón de la ceniza para ver si por casualidad se ha colado ahí alguna colilla.

No, me quedo sentada, sentada estoy bien. Más tarde, me entregaré a mi pequeño vicio. En estos momentos no necesito tabaco, se me olvida. Porque hay algo singular en esta lengua que me ha cautivado, me obsesiona, me somete. Me llena como una idea para una nueva obra de teatro, como una pasión prohibida, como un cigarrillo fino y aromático, como un vino añejo. Es una lengua de carne y hueso, es ancha y pesada, con ritmos ovalados. Su gramática es diabólica y exasperante como la geopolítica, como la música en compases de 5/4. Vaya, se me cierran los ojos, Dios mío, qué gusto estar sentada.

Veamos, ¿por qué página iba? Ah, eso es, por el gerundio, que es una cosa diabólica. *Diélaia, diélavshi*[14]... ¡Me

[14] En ruso, «haciendo, habiendo hecho».

pregunto si no habrá una colilla en los pantalones de esquí después de todo! Pues no, es cierto, los bolsillos están del revés, los veo desde aquí. Oh, sí, sí, sí, cierto. Qué gusto estar sentada. Qué placer.

De un verbo perfectivo no se puede formar un gerundio presente, pero sí una acción completada: *sdiélav, sdiélavshi*. Sí, sí, ahora me acuerdo, se repite la misma forma, eso es. Bendito seas. Bendito laberinto en el que esconderse, en el que evadirse. Pero qué clase de inquietud es ésta, qué clase de ansia… ¿He vuelto a equivocarme? ¿O he dicho algo, algo que no recuerdo, he hecho daño a alguien? ¿Me he vuelto insoportable? El cupón para combustible. Ah, aquí lo tengo.

Ay. ¡Un cigarrillo!

No. Tranquilízate. Querida Tob, ¿no habíamos quedado, boba, en que no echábamos de menos el humo en este laberinto?

¡Ya lo tengo! Lo que siento es sed. Estoy sedienta como un junco en el desierto. Pero sed de leche, maldición. Cállate, hay agua de sobra en el grifo de la cocina.

Y ahí está la botella de leche, la leche que llevará al colegio mañana por la mañana. Demonios, ahí está, deslumbrándome con su blancura. Hay que dejar que el agua corra un rato, así se pone muy fresquita y deliciosa y, con el estómago lleno de agua, se me quitarán las ganas de leche. ¿Y si le doy un trago? Hoy ya no me toca más pan y, además, estoy demasiado cansada. Y el bacalao huele mal.

¡LECHE!

Sólo un poco, un centímetro de la botella. Mojarme los labios nada más.

Calma, refresca. Siento el líquido blanco y dulce corriendo por mis venas, acariciando mi sangre, me deja satisfecha y redimida.

Oh, Dios, Dios, Dios. Mi niño, mi amor, te dejaré comprarte un refresco en el recreo. El domingo te daré mi porción de pudín de pescado. Y esa canoa de la que hablabas... No, espera un momento, te ayudaré a hacer los deberes y no escribiré más, ¡ni un cuento más en mi vida! Me pondré al día con tu electroquímica para sabérmela cuando me preguntes en lugar de estar todo el día con el tac-tac-tac de la máquina. No, escucha. ¿Podrás perdonarme, pecosillo, tesoro mío? Porque a veces tengo que escribir, pero escribiré sobre flores y estrellas de cine y besos y cosas que no me aparten de ti. De noche, cuando estés durmiendo y no me necesites.

Gerundio. Presente: *dariá*[15]. Pero ¿qué es eso? No conozco ese verbo. Debe de ser *davat* o *dat*[16]...

Aquella caja de cerillas, ya me acuerdo. Había una colilla. ¡Sí, por Dios! La colilla de aquel cigarrillo que le pedí al zapatero L. La metí en la caja de cerillas, me la dejé en la oficina de servicios sociales. Alguien se la habrá llevado. Y ahora estará cerrada. ¿Y si llamo? No, el teléfono está cortado.

¿O habrán restablecido la línea? Qué demonios estarán tramando ahora, a qué dedicarán sus días si la gente no

[15] «Regalando».

[16] Aspectos imperfectivo y perfectivo del verbo «dar», el personaje los confunde con el verbo anterior.

puede llamar… ¿Estaré en apuros por algo? ¿Habré quemado…? Sí, sí. Lo quemé todo la semana pasada, después del registro de la casa. Incluso los recortes de periódico, ja, ja, incluso los recortes de los periódicos controlados por los alemanes. Prodigios gramaticales. Es una pena que nos sintamos perdidos. Son los talones de hierro los que lo ocasionan, pero no deberíamos sumirnos en ese estado. Los maldi…

No, para ya. No pienses, sólo lee.

Y desaparezco en el laberinto, me acurruco en él, entro en calor, me refresco, me purifico. Nominativo *joroshi*. Genitivo *jorόshevo*. Dativo *jorόshemu*[17]. Acusativo… idéntico a N. o G. ¿Qué clase de tontería es ésa?, uno debe ser suficiente. Dios, qué cansada estoy, me escuecen los ojos. La fatiga me crispa el cuerpo, los nervios no me dan un respiro.

Algún remedio habrá para esa canoa, ¿no? El impuesto estatal del 39, ¿de verdad no pagué en el 39? ¡A la mierda con el impuesto estatal! ¡Que embarguen lo que tengan que embargar, tú tendrás tu canoa, hijo mío!

Hacía mucho que no lloraba, es una sensación extraña pero cálida y agradable. Si no hubiera visto esa botella de leche… ¿Es realmente así de miserable Tob? ¡Puaj!

Oní, ij, im, ij, imi, o nij. Eti, étij[18]…

[17] Declinaciones del adjetivo *joroshi*: «Bueno».

[18] En ruso, el pronombre personal «ellos», *oni*, declinado en todos los casos existentes y por orden: nominativo, genitivo, dativo, acusativo, instrumental, preposicional. Aquí y en otras ocasiones más adelante, la autora transmite esa manera de memorizar las palabras en ruso, siempre declinándolas.

A ver, ¿acaso he derramado una sola lágrima desde aquel día de mayo, cuando llegó el mensaje...?

No lo pienses, no lo pienses. No, no lo pienses. Ay, ¿qué han hecho con él? ¡¿Qué han hecho con él?!

No lo pienses.

Miestá, miest, miestam, miestá[19]...

... qué se siente cuando las cosas se ponen tan mal que uno se muere. Qué se siente, qué habrá sentido él, qué muecas de horror le habrán desfigurado el rostro, ese rostro...

Basta. Levántate y camina un poco. Me duele la espalda, me duelen los abdominales, ay, qué bien sienta andar, y qué horrible es sentarse así. Piensa... ¡Para!

Resulta increíble, es como un sueño, una pesadilla fantástica. No es una colilla, sino medio cigarrillo, medio cigarrillo entero. En la cartera; de la semana pasada, en la cafetería. Está bastante aplastado, sabe a cuero, a suciedad y a polvos compactos, sabe a bolso de mujer. Pero cómo me renueva su brasa, cómo mitiga, cómo me cala hasta la médula su veneno victorioso. Bueno, guardaré lo que queda, lo apagaré y esconderé el resto hasta que la locura se apodere de mí de nuevo. Ahora voy a trabajar, voy a disfrutar con este rompecabezas mío.

Eto, étovo, étomu, étim, ob étom[20]. Neutro. Las mismas terminaciones que en masculino, excepto en caso nominativo.

Es cierto que estoy demasiado cansada. Los pensamientos se quedan ahí, en mi mente agotada, despiertos y sádicos.

[19] Declinaciones de la forma plural de «lugar».

[20] Declinaciones del pronombre «esto».

Si ahora me tumbase en el sofá y cerrara los ojos sólo diez minutos...

¡Oh, qué maravilloso mareo siento al cerrar los ojos! Tendrás esa canoa, hijito. ¿Y si dejara de fumar?

Luz azul. Eran dos luces azules, sus ojos. No, soles. Dos soles azules. Con brillo y calor solares. ¿Disentería? Me habría reído a carcajadas si me hubiera atrevido a oír mi propia voz. No le fusilaron, como solía decir en broma. Ese ser humano. Ese camarada. ¿Y si lo hubieran hecho? No habría encendido un cigarrillo, ni sonreído y dicho: «Adelante, se lo ruego». Habría temblado, pálido y serio como la muerte, y habría tenido miedo, un miedo atroz, pero se habría mostrado tranquilo, con la médula espinal paralizada por el hielo. Porque él era un ser humano. ¡Un ser humano! ¡UN SER HUMANO, me escucháis, malditos cabrones! Un grito se me atasca en la garganta y me ahoga, me estremezco riéndome para mis adentros mientras los músculos faciales se me contraen en un llanto que no llega. Sí, ahora llega, mi cuerpo se serena, ahora brotan las lágrimas, es como si mis ojos sangrasen. Cálidas, amargas y suaves. Los pensamientos se sosiegan, unas sombras se mueven tras los párpados. Bendito seas, ahora muero. Ahora me voy hundiendo más y más en una nada vertiginosamente dulce y refrescante.

Bendito seas.

Es luz azul. Una luz azul de muerte, una luz azul fuera del tiempo y del espacio. Tengo que alejarme de ella, tengo que subir, subir de nuevo hacia la luz del día. Así que trepo. Pongo el pie en la desinencia del pretérito -al, y agarro los verbos reflexivos con ambas manos. Funciona, voy ascendiendo. Sí, *lozhús, ty lozhishsia*[21]. Ahora el otro pie, sudo de miedo. Porque si no alcanzo *stavliu, stávish*[22] con la mano derecha, me desplomaré en la oscuridad, hacia esa luz azul desconocida. Y ahora todo se desmorona, sí, ahora siento que todo se desmorona, porque éstos son verbos y todo se derrumba, caigo. Por suerte, se escucha el sonido de un avión, el motor de un avión. No puedo hacer más que salir a la cubierta y comprobar de qué tipo es, si es rojo o azul. Así pues, salgo a la cubierta, estoy a salvo. ¡No! Están lanzando una bomba, el motor ruge sobre mi cabeza. Un momento de húmedo pánico mortal, un momento eterno. Es una bomba gentil, no me hace nada, y beso su mano y lloro de alegría.

Alguien viene corriendo. Es un avión enemigo, después de todo, va a bombardear el barco. Me llaman a gritos, la alarma antiaérea ha sonado, tengo que ir de inmediato. Por suerte, hay un refugio antibombas en el barco. No quiero bajar. Porque necesito ir a tierra firme, tengo que encontrarme con alguien, tener una conversación de inmediato con el verbo *jodit*[23], aunque nadie debe saberlo, oficialmente no nos conocemos. Sin embargo, es cuestión de vida o muerte, está en juego nuestra libertad. *Prijódit, ujódit, pribiegat*[24]. ¡Diablos! ¡Mierda! ¡Maldita sea! Entonces

[21] «Yo me acuesto, tú te acuestas».

[22] «Pongo, pones».

[23] Infinitivo del verbo «ir».

[24] Verbos de movimiento con prefijo; del prefijo dependen el aspecto, la dirección, etc.: «venir, irse, acudir corriendo».

lo encontraré en el barco. Corro de vuelta a la playa, pero el barco se ha ido. Se ha ido sin mí. Desesperante, increíble. Y aquí me he quedado yo, en una tienda completamente desconocida, sin ser cliente, sin ser nada. En los estantes hay adjetivos y jabón en polvo y unos pocos verbos, *rabótat*, *dúmat*, *guliat*[25]. ¿Para qué los quiero? No me sé la conjugación. ¡Basta! Es posible que tengan verbos, aun así. Aunque yo no sea cliente. Le pregunto a alguien. ¿*Chitat*, *otviechat*, *sprashivat*[26]? Por desgracia, imposible, ni hablar. Lloro. Pero ¿qué ven mis ojos?, el suelo está lleno de terminaciones y prefijos: *u*, *pri*, *pro*, *ot*, *iesh*, *iat*, *iut*, *yi*; están todos ahí, arrastrándose a mi alrededor, pululando desde cada rincón. Ahora empiezan a trepar por mis piernas; me pica muchísimo, me arde y escuece, esto es insoportable. Salto al mostrador, trepo por los estantes vacíos. Y descubro toda la estafa, expongo la farsa: están bajo el mostrador, están *chitat*, *otviechat*, *spráshivat*... ja, ja, ¿qué había dicho? Así que esos idiotas no pensaron que los iba a descubrir. Esto hay que denunciarlo a la policía rural. Debo ir a investigarlo de inmediato. Así que me balanceo entre los estantes, agarro una rama y me deslizo planeando hasta descender al sendero.

Algo blanco brilla en la acera: ¡una colilla! Una colilla de cigarrillo. Echo un vistazo para asegurarme de que nadie me vea agacharme y cogerla. No, no me ven. Pasan junto a mí y no me ven, van vestidos de negro. Y no me

[25] «Trabajar, pensar, pasear».

[26] «Leer, responder, preguntar».

extraña que no me vean: no tienen ojos. Sólo garras. Garras largas e imbéciles y cuencas vacías. No pasa nada, son mi gente. Es una pena que no tengan ojos. Y me agacho. Anda, pero si aquí hay otra. Y otra más, y un grupito de varias; un montón, colillas grandes y gruesas de auténtica mezcla, vaya, vaya, vaya. ¿Cómo voy a llevarme toda esta maravilla, toda esta opulencia? Ahora tengo los bolsillos llenos, debo meterlas en el cajón de las patatas, madre mía lo que pesa. Pero se está llenando, recojo las colillas febrilmente, como una loca. Tabaco para varios meses. Y yo refunfuñando, ¡ja, ja!

Esparzo las colillas por el escritorio. Hay demasiadas, la bañera está llena, el sofá está lleno, todo está lleno. ¿Qué es esto? Esa marca de ahí, es una marca extranjera. Mi tristeza no tiene fondo: ninguna mujer noruega se fumaría esas colillas. Llorando, derramo toda mi opulencia en participio activo.

¿No era a la oficina de la policía rural adonde me dirigía? Sí, eso había decidido en el sueño anterior. De hecho, se me ha olvidado qué iba a hacer allí, pero es algo inevitable. Y entro en la oficina de abastecimiento. El policía rural alza la vista de su protocolo. Es nuevo, no lo conozco. Y yo que quería pedirle que me cambiara *vysóki, vysókovo, vysókomu*[27] por un litro de leche, ahora no me atrevo. En cambio, pido un litro de leche. No debería haberlo hecho. Se pone en pie en todo su esplendor, con el rostro de acero y la mandíbula apretada. ¡Qué vergüenza! ¡El acento en

[27] El adjetivo «alto», *vysóki*, declinado.

la antepenúltima sílaba en los casos restantes! Lleva una flor en el ojal. Una flor roja, repugnante y venenosa, con el pistilo amarillo. Huele a bacalao podrido.

Huyo tapándome la nariz con la mano. No obstante, no logro moverme ni un ápice. Hay algún obstáculo que no consigo sobrepasar. Es horrible, el picor en mis piernas resulta insoportable, tengo que salir de aquí en este mismo instante. Y ahora veo lo que impide que avance. Es *diévochka*[28]. Maldita sea, no la tocaré ni con un palo. Se junta con alemanes. Ni siquiera la escupiré, no malgastaré mi saliva en ella. Tampoco la ayudaré a cortarse las uñas, esas uñas mugrientas. Probablemente tenga piojos, aunque vaya bien peinada. Esa puta, esa carroña. Haré algo distinto, me voy a conceder un placer sádico e infame, una crueldad sangrienta siempre llena de alegría: voy a compararla con la terminación *yi*. Mira, está desapareciendo ante mis ojos, ¡adiós, sucia *diévochka* del infierno!

He de darme prisa. Tengo los brazos llenos de *byt*, *búdu*, *búdiesh*[29], debo apurarme a hervir jabón con ellos antes de que el fuego se apague en la botella de leche. Porque no hay fuego nuevo en la tienda. Y corro a toda prisa, me tropiezo y corro. Hasta que me encuentro con Tob. ¡Está desnuda, debería darle vergüenza! Y qué delgada se ha quedado. Fea, grotesca en su desnudez. Lleva una botella de leche bajo el brazo, la sostiene boca abajo

[28] «Niña».

[29] *Byt* es el infinitivo del verbo «ser / estar», el resto el futuro: *búdu*: «seré», «estaré»; *búdiesh*: «serás», «estarás».

para que el líquido fluya. Las preciosas gotas... quiero llamarla, gritar, pero mi garganta no emite sonido alguno. Ella sonríe con maldad, tiene unos ojos espantosos, no había reparado en ello antes. Después me señala con una mueca repugnante y, mira, yo también estoy desnuda. Pero el mono... Dios mío, me lo he dejado donde la rural. ¡Santo cielo, qué escándalo! ¿Dónde está la cascada, para poder tirarme? Ella me coge del brazo, y parece bastante sensata. Escucha, dice. Esto no tiene ningún sentido. Entiendes que es un sueño y una pesadilla, ¿no? Y caigo en la cuenta. Tob soy yo misma. Tob soy yo y yo soy Tob. Sí, eso era lo que creía. Sería una completa idiotez si fuéramos la una y la otra mutuamente, ¡ja, ja! Así que está claro que estoy dormida, que estoy soñando. Y decido despertarme.

Y, por suerte, me despierto. Estoy acostada con las piernas en un hormiguero, eso explica los picores y los ardores. En fin. Ahora puedo sacar las piernas con libertad. Pero qué clase de sonido es ése, hace que se me pare el corazón, lo he escuchado antes. Palidezco, mi piel húmeda y pegajosa se está poniendo pálida. Pasos inoportunos en las escaleras, *Achtung*. Cálmate. Sé educada con ellos. Los tacones de hierro. Se me debió de olvidar cerrar la puerta principal, ¡maldita sea mi mala memoria! La última vez al menos tuve algo de tiempo. Ahora estoy perdida. Cálmate, sobre todo sé educada. Disimula tu desasosicgo, haz un par de bromas. ¿Qué necesito llevar en la maleta? Artículos de aseo, compresas, papel de fumar, cigarrillos. Por suerte, tengo un libro de gramática entero lleno de Blue

Master. Utensilios de escritura y, por Dios, que no se me olvide que *joroshó*[30] no se puede declinar, es invariable

¿Qué quieren de mí, Señor, Dios mío, qué es lo que quieren de mí?

Ahora lo entiendo todo. Ahora entiendo este infame juego.

Me han delatado.

Y sé quién me ha delatado: es Tob.

Llevo mucho tiempo sospechándolo. Es una víbora traidora. ¿No me aseguró que sólo era un sueño, una pesadilla? Una mentira, lo dijo para despistarme. Probablemente no fuese un sueño, sino que es la cruda, clara y horrible realidad. Me ha delatado. Ja, un sueño. Puedo demostrar que estoy lo suficientemente despierta: aquí está el periódico de ayer, ensangrentado. Empapado de sangre húmeda y brillante. Huele dulce. ¿Acaso no estoy despierta? ¡Escucha! Nunca he estado tan completa y meridianamente despierta como ahora. El pretérito no es más que nuestro pretérito imperfecto. Los expertos militares de Berlín opinan que el pretérito imperfecto desemboca en una alusión. *Das nennt man Blumensprache*. ¿Aún pretendes afirmar que estoy dormida, que sólo estoy soñando?

Abro los ojos hasta que brota sangre de ellos. ¿Y qué veo? Con estos ojos despiertos lo veo, no hay ni un solo alfiler en el campo. Se han desplazado hasta el centro, y en Berlín citan una declaración del Dniéper. Las abreviaturas del frente se declinan como *skameika*, *oknó*,

[30] «Bueno».

plóshchad[31]. ¡Bravo! Lucha con fiereza, amargura elástica, amargura móvil. Gana. ¡Salud! Por Dios, ahí yace, ha ganado. La sangre humea de su brazo cercenado, mana caliente de su boca. Bravo, amigo mío, veo que sonríes. Y tus ojos son dos soles azules. Bendito seas, yo que te creía muerto y pudriéndote en un cementerio extranjero. Perdóname. Perdóname. Pero ¿qué dices?, ¿que beba la sangre del charco en el que yaces? Querido, piedad, no me pidas lo imposible, tolero mal la sangre. No, ¿qué es esto? Vomitaré. Qué náuseas. Detén esa hemorragia, no la soporto. No quiero beber de ella, oh, ahórrame el mal trago. El frente ha sido reducido a la última gota de sangre, ¿qué quieres ahora? Oh, Dios mío, ¿qué más quieres? Los expertos militares de Berlín afirman que los Stukas desembocan en una alusión. Cinco aviones derribados. Un colegio alcanzado, dieciocho niños muertos. Ayúdame, ayúdame. Te daré toda mi ración si me consigues una canoa.

Estás equivocado, no soy yo. Yo voy cargada de municiones. No te me acerques. Si la gente supiera el sufrimiento que conlleva ir tan cargada de municiones... No me atrevo a ponerme a la cola, soy un depósito de municiones. Es como una pesadilla. Oigo el zumbido de los aviones, un avión, muchos aviones... El cielo está plagado de aviones. En un instante me alcanzarán, y entonces se acabará todo. ¡Si el final no llega ahora, no llega ahora! Estoy sudando, me ahogo, voy a vomitar, ¡¿que llegue ya

[31] «Banco, ventana, plaza».

para que pueda acabar este horror?! Mi amor, has cerrado los ojos, has extinguido esos dos soles azules. Nunca volverán a encenderse. ¿De qué sirve, de qué sirve entonces?

Oh, ahora viene el llanto, me estremezco con él, me azota hasta hacerme sangrar, ¿de qué sirve todo esto? ¡Despierta, me oyes! Hay tanto que me gustaría haberte dicho, ¡llévame contigo!

Sí. Ahora lo siento. Siento la aguja en mi brazo, siento ese vacío que me absorbe, ese vacío frío y ansioso que te absorbe cuando te drenan la sangre. El latido del pulso, el vacío negro y vertiginoso que se acerca, se acerca...

Eso es lo que hicieron contigo, lo siento con tanta fuerza que se me eriza el vello. Siento que me extraen la vida, la razón, la humanidad, de manera lenta, anónima y ansiosa. Voy a vomitar...

Sí, claro que sí. Lo entiendo. Voy a tener un hijo.

Lo peor ya ha pasado. Voy a tener un hijo con el policía rural.

Cómo es posible que no lo haya entendido antes. Ahora que lo pienso, llevo sin menstruar tres años. Durante tres años, he estado embarazada sin saberlo. Lo peor ha sucedido, y es una realidad lúcida. Está a la vista. Me estoy hinchando. Mi vientre crece y crece. Dentro de poco, ahora. Ahora estoy dando a luz, me está costando los bloqueos antitanque más terribles, un problema que los expertos militares alemanes tendrán que resolver. Nadie puede soportar esto.

La plutocracia judía en Londres. Desesperados, desesperados, no entienden nada. Los expertos militares de Berlín desembocan en una alusión. Y los sucios bárbaros del Este, ésos nacen con agujeros en la nuca.

En soledad, en completa soledad me guardo este infame, este catastrófico secreto: a *plóschad* le falta por completo el participio pasivo. Nadie puede soportar esto.

Fue Tob quien me delató. Lo sabréis cuando me esté pudriendo en suelo alemán. ¡Fue ella quien me delató!

Uníos a nosotros y luchad por el *Bekanntmachung*. Alístate tú también al regimiento S. O. S. La victoria es nuestra. Hemos cerrado los ojos, está oscuro. Ninguna potencia en la tierra impedirá nuestra retirada. *Heil!*

Escucha, aquí hay algo que no cuadra. Algo que no está del todo claro. Quizá sí que esté durmiendo y esto sea una pesadilla. Tranquilízate, piensa con sensatez. Con completa lógica. Un embarazo no dura tres años. ¡Qué tontería! Así que es una pesadilla, en realidad lo sabía. Hasta un niño sabe que un embarazo no dura tres años, sino nueve.

¡En ese caso, déjame despertar! Mira, me arrastro por el polvo y lamo los hilos de sangre de tus manos… Querido Gerundio, ¡permíteme que me despierte ya!

Gerundio me responde desde su cielo de color rojo sangre que no debo despertar. En cambio, puedo morir.

Así que me muero. ¿Qué clase de canción es esa que se acerca?, un rugiente coro masculino. Un cántico monótono que asciende y desciende, de miles de hombres, millones, huestes de huestes de hombres cantando con la boca cerrada. ¿Son ángeles? Qué es esto… No son ángeles. Son aviones. ¿No estoy muerta? Sí. Lo leí en el periódico, y ahí consta la defunción:

ESCRITORA

TOVÁRISHCH

MURIÓ EN EL EXTRANJERO EL 13 DE NOVIEMBRE

POR CASO INSTRUMENTAL.

Es terrible. Irrevocable. Irreparable. Y lloro tanto que los aviones se detienen en el cielo y se lo piensan dos veces.

Gerundio se ríe. Su risa llena la oscuridad azulada de miedo y horror, solloza sus carcajadas agonizantes tras los aviones que rugen y ulula como un búho. Y también tengo que reírme, socorro, socorro, misericordia, Todopoderoso, ¡diantres! Me azotan, me flagelan para que me ría. Esto es el infierno. Y mi risa amarga me desgarra mientras mi alma se desangra.

Aquí estoy, tumbada en el sofá con un mono sucio y sollozando una risa agonizante, tumbada y ululando como un búho[32].

[32] La editorial agradece la colaboración de Alexandra Rybalko Tokarenko para la revisión de la transcripción fonética de las palabras en ruso y su traducción, así como sus sugerencias lingüísticas. (N. de las Ed.).

NOTA A ESTA EDICIÓN

Torborg Nedreaas escribió durante la ocupación de su país los cuentos de esta antología, que se publicó en 1945, nada más acabar la Segunda Guerra Mundial. Así pues, tanto el contexto en el que se escribieron los relatos como en el que se publicaron connotan el uso del alemán en los textos: su intrusión forzada en la vida cotidiana conlleva incomprensión, inferioridad de los personajes de origen noruego, abusos y burlas por parte de las fuerzas de ocupación... Para respetar ese efecto expresivo y que llegara al lector en castellano, las palabras y locuciones alemanas se han dejado tal cual en los textos. Pero añadimos aquí un glosario en el que localizar los enunciados que hayan podido generar dudas.

Aber Mensch: Pero ¡hombre!
Ach mein Gott!: ¡Ay, Dios mío!
Achtung: ¡Cuidado!
Achtung, gnädiges Fräulein: Cuidado, amable señorita.
Auf Wiedersehen meine Herrschaften: Hasta luego, caballeros.
Bedauere sehr mein Herr / Ich bedauere sehr meine Herren: Lo lamento mucho, señor. / Lo lamento mucho, caballeros.
Bekanntmachung: Aviso, anuncio oficial.
Bildschön: Preciosa, muy bonita.
Bummel: Paseo, garbeo.
D-d-danke schön: M-m-muchas gracias.
Danke, danke: Gracias, gracias.

Das ist Unsinn!: Pero ¡qué locura!, ¡qué sinsentido!
Das kleine Weibchen: La pequeña hembra.
Das nennt man Blumensprache: A eso se le llama lenguaje de las flores.
Der ist Jude: Es judío.
Die Norweger waren solche nette Kerle: Los noruegos eran tan majos…
Die zwei letzten Schnäpse die… die… die war'n genau zu viel: Me he pasado con… con… los dos últimos chupitos.
Donnerwetter!: ¡Maldición!
Eintreten bitte: Pase, por favor.
Feldwebel: Sargento.
Gemütlichkeit: Palabra conocida por tener múltiples matices en alemán y de difícil traducción, que expresa la idea de comodidad, calidez, intimidad, una atmósfera acogedora, de sosiego.
Hallo. Hallo, Fräulein?: Disculpe, ¿señorita?
Herein!: ¡Adelante!
Ich versichere Ihnen mein Herr: Se lo aseguro, señor.
Ja-ah, ni't Wa-ahr?: Sííí, *¿verdá?*
Jetzt knallt's, pass auf: Me toca, atención, tiro yo.
Kleines Mädchen: Niñita.
Komischer Onkel: Un tipo raro.
Malenchen: Hipocorístico de Marlene.
Meine Mütze: Mi boina / gorra.
Mutti: Mamá, mami.
Muttilein: Mamaíta, mamita.
O Weih, o Weih!: ¡Ay, ay, ay!
Oh Gott: Oh, Dios mío.

Platz nehmen bitte: Siéntense, por favor.
Schauen Sie mal, die Schweinehunde: No se lo pierda, los muy cabrones / bastardos.
Schauen Sie mal meine Herrschaften, wo bin Ich taktvoll: Dense cuenta, damas y caballeros, de que estoy teniendo mucho tacto.
Schade nur, dass der Teufel den so bequem geholt hat: Qué lástima que al diablo le haya resultado tan fácil.
Sie wünschen?: ¿Qué desea?
Stadtkommandantur: Gobierno local.
Süßes Mädchen: Dulce niña.
Verzeihung. Es war wirklich…: Perdón. Ha sido realmente…
Verzeihung, gnädiges Fraulein. Haben Sie nicht etwas verloren?: Disculpe, señorita, ¿ha perdido algo?
Vielen Dank: Muchas gracias.
Was heißt es?: ¿Cómo se dice?
Was kann man dafür... haha. Wenn man sich verbießt: ¿Qué se le va a hacer, si ha sido así?
Wienerschnitzel: escalope vienés.

ÍNDICE

Detrás del armario, el hacha es el centésimo decimocuarto libro de la colección El Pasaje de los Panoramas. Compuesto en tipos Dante, se terminó de imprimir en los talleres de KADMOS por cuenta de ERRATA NATURAE EDITORES en enero de 2026, ochenta y cinco años después de aquel frío y lluvioso día de primavera en el que Olav Haugen, maestro de secundaria, llegó a su casa con el abrigo empapado y un papelito doblado en el bolsillo según el cual el Gobierno colaboracionista de Quisling le impelía a aceptar las nuevas directrices de nazificación de su escuela, y aunque Olav no era un héroe —era un tipo normal y corriente que corregía exámenes en la mesa de la cocina—, se niega, es detenido y regresa a su casa meses después, más delgado y más callado, y lo primero que hace es preguntarle a su mujer por sus alumnos: de la mirada de ella deduce que su sacrificio ha merecido la pena.